El Té de Dios

CÉSAR AIRA

上帝的茶话会

[阿根廷] 塞萨尔·艾拉 —————— 著   王纯麟 —————— 译

浙江文艺出版社

目录

El Té de Dios

上帝的茶话会

上帝并不是真的想邀请猴子，
他老人家只是更不愿意邀请人类而已。

上帝的茶话会

I

出于这宇宙中亘古不变的传统,上帝每年总会召开一次隆重奢华的茶话会,依次来庆祝自己的生日,而受邀前来的只有猴子们。没人知道,也没人有办法知道,在这永恒的空间里,从何时开始产生了这个习俗,不过即便如此,它也已经成为了宇宙漫长年岁里的头等大事。等待这场茶话会就像等待着死亡一般,看似永不会到来,但实际上它总会如期而至。据比较可信的传言说,举办茶话会最初的理由挺消极的:上帝并不是真的想邀请猴子,他老人家只是更不愿意邀请人类而已。邀请猴子只是对人类这种让造物主大失所望的,被有意(甚至恶意)无视的物种的讽刺罢了（说"讽刺"已经算客气了）。这种传言听起来可信度很高。不过茶话会开办多年之后，它就成了一种古老的传统，失去了明确的意义。其延续只是因为这其中包含的某种巨大力量，让它令人难以理解地，渐渐淡化为单纯的习惯。

传统无法和产生它们的社会环境相分开。一个社群的传统就像交感神经一般复杂。通常这些传统都是相当非理性的，因为构成它们的历史原因可以追溯到一张各种因素交织的错综复杂的网络，无论如何冥思苦想都不可能把它梳理清楚。上帝的茶话会应该更加简单一些，因为这是一项宇宙间的传统，所以它的起源中不会有什么特殊的，或是历史的要素。这里没有充满偶然性的世界，只有纯粹的绝对性存在。掌握它的起源和存续的原因或难或易，不过现在依然是一团迷雾，可能只是因为神学家们从未把它当一回事，或是害怕去研究这样荒诞不经的东西，继而使自己失去人们的信任。

需要说明一下的是，这不是一件自然发生的事情，比如积雪融化啦，日食啦，鸭子集体迁徙啦之类的。这是一个社会事件。它可能不会发生，如果下次造物主不想再开茶话会的话。不过到现在为止，这项传统依然在延续，而且很可能永久延续下去。即使是上帝也会尊重那些很久以前就建立起来的传统，大概仅仅出于一种惯性而已。

和所有社交场合一样，上帝的茶话会也有它的礼节。首先，不可或缺的一件事就是寄发和派送邀请函。（这也有可能改变。哪天也许上帝赦免人类或者至少给人类减个刑，受邀的就有可能是人类了。）这些寄给"物种进化"的邀请函直接触及了猴子们的本能，就像按响门铃一般。它们是同时寄出的，也许只是上帝用神圣的声音说出了"猴子"一词。这已经足够让所有想来参加茶话会的知道日子已经到了。

但是，这是哪一天呢？这位造物主本身不是被创造出来的，所以他的生日是什么时候？大概在任何时间吧。可能就是今天。除非"今天"正处在无数个循环宇宙间的间隔，或者其实"今天"只是一微秒的片刻，这取决于站在什么角度观察。上帝的宇宙是由世纪、年、月、日等等组成的拼图，每一块的形状和尺寸都各不相同；它们一块块地嵌入到一个永远都拼不完的多面体中，在这个多面体的每一个面上共存着晨光和子夜，充实和虚无，起源和终结。创造了时间的上帝当然有权在他想要的任意时间庆祝自己的生日。即使这样，"上帝的生日"听起来也挺奇怪的；这种轻微的违和感就是这整件事情显得有些蹊跷的原因。

II

除了蹑跶之外，还存在不可能的事：在超乎时间之外的，创造者的世界中举办下午5点钟的茶话会。如果有一个旁观者的话，他能看到的只是一场由毫无意义的动作构成的"纯粹式疯狂行为"。猴子们不可能安静下来，它们像被什么附体一样，在自己的和其他猴子的座位上跳来跳去。在任何地方停留一瞬间后，它们就会换个位置，寻找下一个空位坐上去；而空位一直都有，因为所有猴子都在不断换着座位。它们的确是被附体了，被一股没有明确目标的激情，就像是觉得在某一刻"永恒"掌握在它们手中，而且它们不想错过这个展现本性的机会。它们用飞快的斜向跳跃跳过桌子，打翻桌上的玻璃杯，让勺子和叉子到处乱飞，把点心重重地踩碎，尾巴扫过蛋糕上的奶油，留下一个个奶油斑点。管他呢！它们的脸上、手上和胸口沾满了糖果、茶水、蛋糕屑和巧克力。陶瓷的茶杯在笨拙的手上碎裂，里面的茶烫到了它们，它们就用冷牛奶浇上去。互相之间的打架也没有停过，它们总能找到打架的理由，当然就算找不到理由也一样照打不误。有时候茶话会像是变成了战场：它们把糖块当作炸弹扔来扔去，互相吐着果酱，还朝对方脑袋扔烤松饼的托盘。总有一只猴子会暂时脱离战场，它会把自己挂在吊灯上，直到它一走神一松手，直接掉到桌子中央，把下面的盘子和点心砸得四分五裂。听听它们的尖叫声吧！这震耳欲聋的、不协调的声音，甚至可以完全盖过消防车的警笛。

上帝运用了他的全能，同时给所有的杯子倒上了茶，顺便修好了一些损坏的东西。当然，在这类似马戏团的环境中，他的好心只会起到加剧混乱的作用，而且引起混乱的速度突破了自然界中原因转化为结果需要的速度。这灾难般的场景简直是一团乱麻，就好比一根长达一百万光年的线完全绕在了一起。

然而，就像有个固定的流程一般，每次上帝的茶话会都会发生同样的事。每一次的上蹿下跳，桌布上的每一块污渍，草莓蛋糕从桌子一端拖到另一端留下的每一道痕迹，都和上一次茶话会中的一模一样，而且下次的茶话会还会再重复一遍。一切都完全雷同。这没有什么好吃惊的，因为归根结底，任何事情和它本身当然都是一样的。

这种同一性解释了为什么这场茶话会重复举办了一次又一次。不是这样的话，在看到猴子们第一次做客时的野蛮行径和带来的灾难性后果之后，上帝可能就不会再邀请它们参加他的茶话会了。不过在主动性让位于重复相同的东西的惰性之后，重复就变得没有风险了。来宾们缺乏教养的表现变成了一项现实中已经设定好的属性，就跟自然景观一样。然而，对于"这种属性是否会受物种进化的影响"这个问题，这其中应该还存有疑问。把一块块包含着上帝的茶话会的时间拼图拆下来，也许这些本来互相分开的拼图块可以连成一个故事，在几世纪或者几千年之后，我们大概就能看到这个前所未见的神圣场景：一群猴子围坐在一张桌子四周，用一只手举起杯子，翘起小拇指，用纸巾擦擦嘴唇，一举一动都显得彬彬有礼。

III

来宾们没教养的表现，可能应该归因于上帝没有在桌边主持这场茶话会。或者说，他既主持了又没有主持。众所周知的是，上帝是无所不在的，这点对他发挥无所不能的能力非常有帮助，不过也有不方便的地方，就是他无法显形并在某个特定场所出席，比如坐到桌子的一端维持秩序。他的缺席（如果他无形的出席算作缺席的话）可能被视作了失礼的表现，而且给接下来宾客们的无礼行径开了绿灯。的确，一位不守时的主办者不出席自己主办的活动，就等于是允许首肯了来宾们的为所欲为（名言"如果上帝不存在，那么一切事情都是被许可的"①的一个变体）。不过换一个更广的角度来看，上帝为他的宾客们事先考虑好了所有的事情，简直是一位完美的主人：盘子、茶杯和酒杯总是数量充足；食物都是质量最好的，冷热适中，咸度和甜度都恰到好处；灯光照明和室内温度都确保舒适；桌布都烫得十分平整且没有樟脑丸的味道；茶话会既不会冷场，也不会聊到一些不合时宜的话题。有那么多事情需要考虑！只有上帝才办得到。

如果上帝能现身的话，他本来可以让猴子们平静下来，但是他如果在一个地方现身，就无法同时出现在其他地方，这样会违背他作为上帝的基本性质。因此，猴子们中的一员扮演了他的形象。这只猴子是猴中之王，只存在于传说之中。没人相信它真的存在，原因很简单：它只有在上帝的茶话会里才会出现。它就像上帝的肉身一样承担着上帝的工作，但是却做得像是一幅扭曲的卡通画一样。痴迷于这梦寐以求的虚幻王座，它站在了桌子一端的椅子上发号施令，发出刺耳的声音，脚下乱踩乱踏，喊到嗓子嘶哑，把手上的东西都扔出去；总之它本意是急于维持秩序，却成了最会制造麻烦的那一个。有时候他过剩的能量爆发，

---

①该句名言出自俄国存在主义文学家费奥多尔·陀思妥耶夫斯基。

导致挑起了又一场群架或者推动了新一轮破坏，然后他继续坚持以暴制暴。似乎受到了神的光环带来的影响，它的权威并没有受到其他同类的挑战（这并不意味着它的权威能发挥什么作用）。事实上，如果上帝是无处不在的，那他必然也存在于猴子王的身上，甚至还可以假设，在不影响"无处不在"的属性的情况下，猴子王身上所附有的"神性"更多于其他地方。上帝的人格化，偶然也好，自动也罢，推动了一个"意志"，使这个"意志"超越一切计算和预测。

猴子王是那只最会叫，也是叫得最响的，就像预示着日后扩音器的发明一样。它的梦想是长一千条手臂，这样就可以同时揍所有的宾客。不过，通过令人惊奇的弹跳力和永不停歇的移动，虽然只长了两条手臂，但它依然把这任务完成得不错。虽说猴子本来就拥有超人的敏捷性，但它依然超越了自己的生理极限。它像是纯粹的精神上的存在，而且是一种染上了权力综合征的精神，充斥着扭曲、乖张、狂躁和残暴。像很多其他人一样，它觉得它就是神。它疯狂地对最迟钝、最脆弱，特别是少数最腼腆的猴子施虐：把柠檬汁挤到它们眼睛里，把它们的指尖按到滚烫的茶里，把糖果塞进它们的耳朵，把果酱塞进它们的鼻子，把银质的勺子塞进它们的屁股……在施暴的间歇它大口吞下好几升的茶水，为自己无端的怒火补充能量。看来这茶里肯定添加了什么东西。

IV

有一次，一个奇怪的东西闯入了上帝的茶话会。通常来说，一个人进入一场并未受邀出席的聚会时，一般都是悄悄进入，尽量不吸引人的注意，保持低调或者假装是受邀者。这些都是不速之客的合乎逻辑的举动。当然不是所有人都这样，也有人做出恰好相反的举动：他们觉得自己反正迟早要被发现，还不如尽早主动现身，让自己成为这场聚会的焦点，使自己的出现变得顺理成章。

上帝的茶话会里的不速之客选择了前一种策略，为此它充分利用了自己的自然特性。它小得不能再小了，因为它是一个次原子粒子①。它是创造宇宙时多余出来的原子部件的碎片中的一员，从那时起就在宇宙中自由漂流。对它来说虚无和存在都是一样的，它像自由落体一样穿过一切，没有什么目的，也不为什么利益。

成千上万个星系见证了它的经过，或者没有发现，反

———————

① 又称"亚原子粒子"，指比原子更小的微粒，比如质子、中子、电子等。

正它就这么穿过去了。见多识广的人可能可以在它身上看到已经不再存在的维度留下的历史遗迹，或者看到一块时间的里程碑飘荡在这宇宙中，又或者是看到一位来自宇宙起源的信使。它的身体小到用最细的笔也写不上一个字母，却承载着一段长长的历史。解码这极微小的象形文字，将需要用到最尖端的粒子加速器，不过这种世界上最昂贵的设备，以及能够操作它们的最顶尖的科学家们都忙于进行更重要、更能盈利的研究项目。无论如何，将它控制甚至定位都是非常困难的，因为没有一张地图能显示出它的运动路径，而且它本身也不会引人注意。它十分谨慎，甚至有些鬼鬼祟祟，总是悄无声息地溜走，仿佛还没有到达就已经离开了。它在这里，又不在这里。

它的路径也是这样：不能说它是随心所欲的，因为所有的一切都遵循着创造它们时订立的规则。不过像它这么微小的微粒，小到比最小的东西还要小（或者说，它比可测量范围中的东西更小），我们就无法预知它会在何时通过哪里。给它的尺寸打一个比方，虽然这个比方有点难以理解：即便我们把宇宙中的所有的该种微粒黏合在一起，仍然还达不到一颗原子那么大。

极端渺小的特质给了它和普通生物比起来异乎寻常的性质：它不需要改变方向，也不会和任何东西撞上，因为挡在它的道路前方的任何东西它都可以直接穿过。这和子弹穿过物体不一样，因为它可不会留下一个洞，它根本不需要。从它的角度看上去，固体不再是固体。构成一块石头的原子，在我们看来似乎都是紧密排列的，但是对它来说，原子之间远得像是从太阳到月亮。所以它穿过一颗铁和镍构成的陨石就好像一只小鸟在春日早晨的晴空中穿行一样。它穿过一颗行星的时候，甚至都没有任何感觉。它也会同样不知不觉地穿过一个原子，或者一张纸，一朵花，一艘船，一条狗，一颗大脑，一根头发……

　　对这个微粒来说不存在一扇关闭的门，所以它出现（可以这么说吧）在一场没有邀请它参加的聚会，甚至出现在所有聚会中都不奇怪。它就是不速之客的原型。它的侵入是万无一失的，无法阻挡的，也是极度潇洒的。有多少人该嫉妒它了啊！所有那些被边缘化的，满腹牢骚的，偏执的，被嫉妒吞噬的人孤独地留在家中，而其他人则相聚在宇宙中的某一处，在觥筹交错的大厅中享受宴会。当然，那些嫉妒的人得考虑一下这颗微粒付出的代价：渺小而微不足道。在这个条件下，获得那样的能力还值不值得？

V

即便没有任何一个地方可以免遭这个小小的流浪汉的入侵，它溜进了上帝的茶话会这件事也让人有点难以接受。毕竟这是最封闭的聚会，是传说中上帝为了庆祝自己的生日而开办的。即使是它那样的微粒，偷偷溜进去也有些过分。不仅仅是因为这场聚会完全只对受邀者开放，而且因为组织者是全知全能的。换句话说，这是艺术的创造，其中的一切细节无论是大是小，是精细还是粗糙，都对应着一种意义或者意图。然而这颗微粒却称不上故事中的细节，它既不承载信息也不推动情节；它就是一个单纯的意外。

但是，从另一个角度来看，它的出现是无法避免的，因为它是宇宙中散落的无数微粒中的一员。这些粒子的数量相当多，因此有了"粒子风暴"这种说法，虽然这种类比不太恰当（这场"暴风雨"会朝任何方向倾泻，永不停止，也从不会淋湿任何东西），但至少可以说明任何试图控制它们的具体措施都是徒劳的，就好比即使是范围最小的局部阵雨，也不可能数清楚雨有几滴，更别说给它们一一起个名字。所以说，有那么多游手好闲的微粒，其中有一粒闯进这次茶话会又有什么好大惊小怪的？

有可能它并不是一个特例。没人系统地研究过这个问题，因为没人曾想到这一点：这些微粒很有可能是被聚会所吸引来的。这有什么奇怪的呢？或者反过来说：聚会有可能就是过滤粒子的天然筛子。（英语中"party"一词可不是白白囊括那么多含义的）

微粒的迷人之处在于，它们被定义成一个几何学上的点，所以事实上它表现出来的是一条线，因为一个点随着时间推移总会变成一条线。而又存在着无数个平面通过这条线，所以当它进入上帝的茶话会时，产生了一系列角度不同、不断变化着的平面。猴子们在这些平面上滑来滑去，翻滚着倒下又爬起来，处在不该在的地方，攀登一块斜面却发现正在往下降，从滑道向下滑却发现正在往上升。这些平面足够多，多到几乎不存在同处一个平面中的两只猴子，但是这并不妨碍它们打架。它们的跳跃能穿越多个维度，像是要穿越不存在于这个空间中的空间一样。一瞬间它们发现自己毛茸茸的双脚踩着的地面的另一边站着另一只猴子，完全无视了重力的存在。或者，当它们伸长了本来就很细长的手臂去够一只泡芙时，它们所处的空间被两个相邻平面所挤压，使得这条手臂被压成了超薄的一片。又或者是一杯倒翻的茶水却向上，向下，向四周，向前后左右喷洒，就像一颗有一千个尖端的液态星星一样。所有这些事情，都加重了猴子们毛毛躁躁的天性，并且把它们逼疯了。它们觉得这是为它们量身定做的一座主题公园，所以为所欲为的天性便占了上风，就像是塞满火药且失控的自动机械。它们朝各个方向乱跳，把爪子伸进茶水，尾巴塞进蛋糕上的一团团奶油里，像是举办噪音大赛般地尖叫，有的被呛到，有的在呕吐，有的在桌布下爬行，身边是可以想象的碗碟的废墟。

那么小的一颗微粒可以造成那么大的影响令人惊讶不已。它给人的印象是：它无处不在。当然，它不是这样的。在同一时刻它只会出现在一个地点，但它只是一个诱因：当它身处某一处时，它所造成的结果已经在许多其他地方显现；而当这些后果还在不断发生的时候，它已经生成了新的平面，在新的平面上猴子的分布也有了新的变化。这个诱因无所谓大小，不管是大是中是小，诱因就是诱因，即使是引发一场大混乱的诱因也一样。

VI

上帝的茶话会在一系列必要的意外事件和意外的必要事件巴洛克式地堆叠之后变得完整，无论是作为一项活动还是一个象征。在某个特别的日期上帝庆祝了他的生日

（而不是让这天悄悄溜走），没有期望中的盛大的宗教仪式，有的只是动物身上最原始、最真实的欢乐和活力（这里不是说兽性）。

然而，出于与生俱来的完美主义，上帝还想缝上最后一针，安上最后一颗纽扣，或者说是给最后一个线头打个结。现在唯一缺少的就是，确定那颗微粒到底从何而来。上帝需要给它找个来源，或者更贴切地说，是"让它有个来源"。这是一个先决问题，事实上，出于他创造的世界的复杂性，上帝解决的一切任务都是先决的。这对他本人来说并不代表任何问题，因为在他面前时间和空间都能轻松掌握。这个问题是之后才提出的，而且也不算什么问题（对上帝而言"先"和"后"都不存在）。

的确，在没有确定这颗微粒的来源的情况下，上帝的茶话会就是不完整的。这场茶话会也是一段历史，而所有的历史都是由一段段历史拼成的，如果中间混进了其他东西，那就不能算作是历史了。不知道这是不是上帝的一个弱点，一项可原谅的虚荣之罪，或者只是逻辑学上的问题。不过，上帝迫切希望他的生日宴会成为一个精彩的故事，而每一次的重复都是一场完美的演练。他不会允许鬼鬼祟祟地潜入的不速之客扰乱这一切。

这项工作其实已经完成了一半：寻找一颗微粒的来源

应该并不是难事，因为它的名字本身就揭示了它是构成什么东西的一部分。只要找到这是什么东西，或者把这个东西创造出来就可以。上帝在他漫长的生涯中找到过远比它隐藏得更深的东西。他多少次地在草垛里找出一根针，就为了满足他所创造的生物对比喻或谚语的爱好！

在这件事上，上帝要找的可能是任何东西，字面意义上，甚至超过字面意义上的"任何东西"：这颗微粒可能不仅仅来自于物质上的物体，还可能来自于一件事，一段时间，一项企图，一个思想，一份热情，一波浪潮，一种形态……从它的大小来看，它处于原始的循环之中，质量和能量从那里开始了不断相互转化的旅程。这些微粒位于质能转换的核心，所以不能仅仅从宇宙的原初时期寻找它的来源，它也许是在宇宙的任何一个阶段，甚至是在最近的这个宇宙中被释放出来的。这颗游手好闲的微小颗粒可能诞生于半人马座阿尔法星①的耀斑，或者诞生于中国厨师翻炒鸽子蛋的炒锅，孩子的眼泪，空间的曲率，氢气，吸墨纸，复仇之火，平方根，卡文迪许勋爵，一根头发，一只独角兽……上帝需要翻阅的目录（只是打个比方）比这

————————

①半人马座阿尔法星又称南门二，是由三颗恒星组成的三合星。它是距离太阳系最近的恒星系，并被发现存在类地行星，因此经常在科幻作品中作为人类殖民地出现。

还要庞大。这不是第一次验证全知全能会受到选择困难的限制。在这杂乱冗长的目录里，语言是唯一可以指引他的工具。归根结底，这是一个语言的问题。事实上世界上没有任何东西，只有语言。是语言把世界切割成一块一块，让人们相信这些就是"东西"。上帝不说任何语言，因为没有说的必要。但是当他需要介入一些事情，比如想在人类的记忆中加入一些东西的时候，他别无选择只能进入语言的游戏中。这对他是一个挑战。对上帝来说语言比语法老师眼中的更复杂，因为他必须考虑到所有语种，包括现存的和可能存在的（每种语言都是一种不同的切割方式，但从上帝的视角看来，它们之间的共性、差异和交叠构成了一幅极复杂的拼布）。

最后，上帝解决问题的速度比我们提出问题更快。就像是按下一个按钮，这颗微粒瞬间就有了它的出生证明，用来作为参加茶话会的邀请函，并将首次正式参会。在那里，创世主创造了一个例外：原本他没有任何秘密，但他现在有了一个。他没告诉任何人他让那个微粒从何处来。从此以后，这个小小的机密贯穿了整个上帝的茶话会。

第二篇

Mil Gotas
千滴油彩

有一滴油彩在热带国家茂盛的大自然面前停下脚步。它驻足于覆盖着露珠的锦葵、茴香和甜菜的翠绿叶子上,拿这些拥有一颗冰的心和阳光毛发的露珠,打起了桌球。

千滴油彩

有一天，卢浮宫中陈列的《蒙娜丽莎》凭空消失了。这桩令法国蒙羞的丑闻震惊了艺术界，也使得新闻媒体陷入了一片混乱。这已经不是这幅名画首次被盗了。在将近一百年前的1911年，一位年轻的意大利移民文琴佐·佩鲁贾就曾经这么干过。他曾作为粉刷匠参与过卢浮宫博物馆的维护工作，因此便大摇大摆地走进这座艺术殿堂，取下《蒙娜丽莎》并藏在工作服下带走。他把这幅画藏在自己的阁楼里长达两年，随后在1913年将其带到佛罗伦萨，试图卖给乌菲齐美术馆，并以此将自己的盗窃行径包装成替意大利找回国宝的爱国行动。然而在那里等待着他的却是警察。随后，《蒙娜丽莎》被归还给了卢浮宫博物馆，而这名随后自称为列奥纳多·佩鲁贾①的窃贼也度过了若干年牢狱生涯（去世于1947年）。

但这次的情况更加糟糕，因为消失的仅仅是画本身，也就是说，就是构成这幅大师级作品的那一层薄薄的油彩。支撑着油画的画板还在原来的地方，画框也原封不动；但画板上只有一片白色，和还没画上去之前的样子一样。人们把画板送到实验室进行了所有类型的检测，然而并没有发现任何刮过或者用酸液腐蚀过的痕迹，也就是说，画板依然是原封不动的，但上面的画作却人间蒸发了。唯一的犯罪痕迹是，人们在用来让这幅画和参观者保持距离的玻璃容器表面上发现的几个小孔。这些小孔都是完美的圆形，直径仅为1毫米。这些小孔也被仔细研究过，虽然并没有什么好研究的：从上面检测不到任何物质，也没人可以解释它们是用什么工具钻出来的。于是媒体上关于外星人的猜测纷至沓来，比如某种凝胶状的生物用了带有穿透性的纤毛吸盘什么的。虽然这听上去完全是无稽之谈，但广大群众实际上都是很好忽悠的。其实这幅画上发生的这一切，解释起来非常简单：它被还原成了一滴滴活着的油彩，而且油彩们已经开始在全世界到处乱跑了。作为大师级作品

---

① "列奥纳多"为《蒙娜丽莎》的作者列奥纳多·达·芬奇的名字。

存在的五个世纪为它们积攒了足够的能量，无论保护得多严密，这层玻璃都挡不住它们的去路。城墙啊，山啊，海啊，距离啊，这一切对它们来说都不是问题。它们具有一股超级力量，因此能去任何想去的地方。如果数一下玻璃上小孔的数量，就知道它们一共有多少了：答案是一千。但是没有人去做这项简单枯燥的工作，大家都忙于提出一些牵强附会、自相矛盾的理论。

这些油滴四散到了五大洲，如饥似渴地寻求着冒险的经历。起初他们只待在日光的边界线之内，以相同的方向绕地球而行，并或快或慢地以扇形展开。有的在黎明薄薄的灰色中，另一些则在夕阳热情的红色下。他们中的许多人经历了大城市繁忙的清晨，或者田野中睡意蒙眬的小憩，春天的草原或者秋天的森林，极地的寒冰或者沙漠的热浪，抑或是骑在小蜜蜂身上环游花园。直到有一天他们中的一位偶然间发现了夜的深邃，然后是另一位，再一位，最后，他们的冒险不再有边界的限制。而当他的动力消磨殆尽之后，他们便到想去的地方安定下来，发挥出取之不尽用之不竭的创造天赋。

有一位定居到了日本，开了一家香熏蜡烛工厂。生产的蜡烛叫作"分钟"，闻上去有月亮的香气。专利保护以及夜的垂青让这款蜡烛大获成功。各大舞台都使用"分钟"

牌蜡烛，包括寺庙、山林以及整个幕府。包装有6支、12支、24支和1000支一盒，而所有人都买1000支装的。粉红色的火光重叠在一起，产生了一个看不见本影的半影，在这里前和后、远和近都融为一体。即使是寒冬长夜的黑暗也达不到这样的效果。油滴桑赚到了比克罗伊斯①更多的钱，娶了两名艺妓为妻。她们带来了两捆剑，用于表演剑舞来取悦丈夫。而油滴桑却沉迷于弹道学的研究，渐渐地对她们的表演越来越不关心，最后甚至把她们完全抛在脑后。她们俩人对此的反应揭示出了她们之间巨大的差别，虽然从外形上她们是如此相似，以至于人们都会把她们搞混。其中的一位继续忠于丈夫，甚至比丈夫还关心自己时更爱着他；而另一位则在其他地方寻找着在家得不到的爱。一位叫作"天长地久"，而另一位叫作"曾经拥有"；后者在觉得已经拥有了够长时间之后就表示已经够了，然后转而和一位摄影师纠缠在了一起。摄影师桑总是去朝鲜出差。有一天，当他正好在出差时，油滴桑一家冒着雨出门野餐。他们准备了一把大伞，几盒"分钟"牌蜡烛以及一篮子对虾。他们喝着茶，吃着虾，看着紫罗兰色的天空之下树木

①克罗伊斯（古希腊语：Κροῖσος）为古代小亚细亚地区吕底亚王国的最后一任君主，是历史上第一位发行纯金及纯银货币用于流通的人，在西方文化中通常使用"比克罗伊斯更有钱"来形容非常富有的人。

的侧影，然后拿出了一个有趣的玩具：一座硬纸板做的可折叠的网球场，大概有国际象棋棋盘那么大，四个穿着白色衣服、拿着拉菲草制成的球拍，用活青蛙在棋盘上进行混合双打。青蛙是真的青蛙，而且既不是死的也不是活的。它们是用电极来控制，一种并不怎么舒服的方法。另外，油滴桑和他的两位妻子都不知道网球的规则，因此这场比赛进行得一片混乱。悲剧性的转折发生于其中一只青蛙由于电压过大，蹦到了油滴桑的肩上，把脑袋伸到这位大富豪的耳朵里说了一句"绿帽子"。娶两个妻子的坏处在于，当戴上绿帽子的时候，需要先找到这顶绿帽是哪一位给自己戴的。然而在盛怒之下，他想都没有想：他打算把她们两个全都干掉。他跳起来压在离他最近的那位身上把她掐死。不幸的是，他掐死的是对他忠心耿耿的那位妻子。给他戴绿帽的那位，踩在青蛙网球上逃跑了，寄希望于这颗小球带她去朝鲜（但事实上却去了大阪），留下了一位呆呆地看着尸体的复仇者。作为一颗超自然地运动着的油滴，他得以免受普通罪犯需要承受的后果，至少他是这么认为的。但是，事实上在这宇宙中没有谁可以对厄运免疫。野餐会的上空缓缓响起了柔和的旋律，就像是第二把伞一样。

蜡烛的香气原来是德彪西①的味道。

在远离菊花王国②的美国俄克拉荷马州，一滴油彩正和松节油一对一单挑。松节油先生一头金发，身材瘦小如康德③一般，衣冠楚楚但看上去并不矫揉造作。他身上唯一称得上做作的地方就是他的鸡冠头，为了显摆甚至没涂发胶，全靠一头高耸的头发：长达一厘米。对于不知道松节油先生有多高的人来说，听上去似乎也没多长；他本人的身高就只有两厘米，或者说算上鸡冠头三厘米。在大风吹过平原扬起的沙尘中，乔·皮特·油滴先生喊道："不是他死，就是我亡。"两人之间必须死一个。他作为艺术油彩的灵魂深处，一定对必须杀死如此漂亮的，堪称野蛮世界中的活体装饰品的，一滴松节油而叹息不已。没有人比一滴到处游荡的油彩更明白世界的广阔和包容万物，然而在一些情况下，这其中依然存在着尖锐的矛盾，所以也没有必要为此感到太难过。一些人的死亡意味着其他人能够活下去；一些人简单纯粹的生命，以及他们平淡无奇、毫无意义的日常生活，正在编织着那些灿烂辉煌的生命凋亡。

---

①阿希尔-克洛德·德彪西（Achille–Claude Debussy，1862—1918），法国著名作曲家。

②西方文化中通常以菊花王国代指日本，因为日本王室家徽为十六瓣菊花。

③康德（Immanuel Kant，1724—1804），德国著名哲学家，其身材非常矮小，据称仅有1.57米。

也许后悔的感情给这样平淡的生活带来了一些意义。松节油先生对自己的优雅气质颇有自信，因为在那天之前，这都给他带来了胜利。他拿着一把仙人掌手枪跑向对手，并打空了弹匣。乔·皮特·油滴先生长了一个完美球形的黑鼻子。事实上，它是一颗橡胶球，吸收了所有九发子弹。他的反击是他的一场梦，在其中他把对手扔到了前寒武纪①。当对手在桥牌俱乐部的朋友们前来找他时，发现已经找不到他了，并且没有人再见过他。乔·皮特·油滴先生从此开始了"提取仙人掌的粉红色"的生活，并把这种色彩溶解在胶状物中，作为显影剂出口到朝鲜去。他过上了富足的生活，结了婚，但是有时候，死去的松节油先生的鬼魂会化身为一段忧伤的旋律出现在他面前。为了摆脱恶灵纠缠，他告诉自己，所有音乐都是悲伤的，带来的疲劳感也都是正常的。不过，他在坦率的时候认识到，当他杀死松节油先生的同时，也把他自己身上曾经拥有的高贵气质杀死了，而这种高贵气质正是能量的一种形式。

下雨的时候，油滴轻快先生加速前进，成为了雨滴中的领头羊。当其他雨滴都在降落的时候，他反而在上升。重力先生若有所思地看着他，问自己："他能怎么为我所

①地质年代中地球诞生到现代生物出现之前的时期，约46亿年前到5亿4000万年前。

用？从他身上我可以得到什么好处？"油滴轻快先生穿过了云层，高声喊道："我是一滴施行病人傅油圣事①的油滴！"油和水从来都无法混合。他们的结合，最终都是以分手收场。

当他降到朝圣者头上的时候，重力先生放下身段，让自己有些智障的妹妹神秘小姐下降到地上。

有一滴油彩随着雨点渗透到了遥远的花园城市，而且还想进一步渗透到圣人名录中。他和当地某些神职人员关系暧昧，算是一种冲动性的情人关系，不会持续太久。情人给了他一个教堂职位，让他准备对周边国家进行访问，而这也是神职人员有史以来的第一次访问周边的高原国家。他们仔细筹划这次出行，不过这项任命其实是情人想找个借口摆脱这滴油彩罢了：他已经受够了。在发生了关系以后，他感到越来越难过。

当这滴油彩去他国赴任之后，在当地开设了一间学校，并说服了合作方建设了一家铅笔厂以补贴教具采购的成本。他在和他的情人的信件中暗示了一场政变的可能性。政变的日期定在6月13日，每年的那一天重力先生都会纪念这象征性的协议。他召开了一场聚会，邀请了雨滴们来参加。

---

① "病人傅油圣事"又称临终圣事，是在临终病人的身体上涂抹橄榄油的宗教仪式。

不是所有的雨滴都会来，因为他没有那么多杯子；每场雨都会派出自己的代表。每年6月12日都会举行选举以选出这些代表。选票都保存在一个名叫罗萨·埃德蒙达·冈萨雷斯的小女孩的眼泪里。

花园城市方面任命一滴油彩担任当地精神领袖这件事，在周边国家引起了一片困惑和大量质疑。有传言说油滴已经在情人的肠子里待了整整一年：他的形状和尺寸为这个传闻增加了一些可信度。政变被提前了，油滴决定不等情人到访就自封"自圣"。就在他高升之前几分钟，他口述了一份关于如何贩售铅笔的指示：6支一盒的面向贫困人群，12支一盒的面向中产阶级，24支一盒的面向有钱人。还有个特别版1000支一盒，给国家元首的子女们。在某个时间，铅笔在贫困孩子心中的恐惧和寡欢面前变成了点燃的"分钟"牌香烛。罗萨·埃德蒙达·冈萨雷斯就是受苦最深的孩子。她的父亲，一个穷理发师，做出了最大的牺牲才买了最小盒的铅笔。

不久之后，一组证据照片问世了，拍摄者是一位日本罪犯摄影师桑，而且用粉红色的显影剂洗了出来：球状的立体照片上，情人正亲吻着一滴油彩。

这些不负责任，没有人性，也是颜色最艳丽的一千滴油彩简直无处不在。艺术的末日！末日论者总是这么宣称。

他们表示在将来不会有艺术，人们只能躲在阁楼里，在"分钟"牌蜡烛的火光下剪下杂志上的图片做成拼贴画。但是碎片永远不会重新拼在一起。永远不会再有一幅《蒙娜丽莎》，因为这些油彩们一旦尝到了自由的滋味，就再也不会回到卢浮宫了。即使在最低的可能性下他们都回来了，他们又怎么可能每一个都从自己原先钻出来的那个小洞里再钻回去？

在波哥大市里有一条硕大无比、浑身毛色如香草一般黑的狗，在街上漫无目的地游荡着。它从垃圾桶中翻找食物，在阳光下睡觉，下雨时则躲到别人的家门口。从体型上看它具有十分的威胁性，因此没有人会靠近它。然而它其实非常温顺。所有被遗弃的狗都在到处寻找一位主人，这条黑狗就找到了一滴到访这个阴冷多雨的首都城市的油彩。他们很快成为了朋友，互相顺从着对方，而没有人会发号施令，这就像是一种既没有主也没有奴的主奴关系。他们之间的关系与其说是友情，不如说是一段婚姻。他们买了一辆小车，在每个星期五的晚上朝着香熏蜡烛之湖中的小房子出发。他们小资的生活让"艺术的末日"贬值成了"星期的末日"，即"周末"。

有一滴油彩在一个热带国家茂盛的大自然面前停下脚步。它驻足于覆盖着露珠的锦葵、茴香和甜菜的翠绿叶子上，拿这些拥有一颗冰的心和阳光毛发的露珠，打起了桌球。在他身上还发生了进化：他长出了两对胶状的触角，上面那对长，下面那对短，都是可伸缩的。他在叶子之间行走，以绿色的细胞为食，在以闪电般速度消化之后排泄出一个黑色的、悬空的小点。他的身体变成了几乎透明的灰色，身体形状也拉长了，一端像是他的头部（包括触角），另一端像是他的尖尾巴，中间则像是一个驼峰。从驼峰中分泌出他过量吸收而没有消耗掉的物质。浅黄色的、坚硬的一层分泌物形成了一个螺旋形的空洞，从此以后，他就习惯于把身体缩到里面睡觉。

几个孩子偶然间发现了他，把他带了回去，装到塑料罐子里当作宠物养了起来。他们用针在盖子上扎了几个小洞以便他呼吸。他们把他叫作"小蜗牛"，并时不时地问："小蜗牛，你要做什么呢？"然后过去看着他。在透明罐子那简单枯燥的生活中，他们为他安排或者说创造了一些精神状态，比如欲望、梦想和求索。他们还准备了潮湿的叶片、芹菜和玉米糊作为饲料。

直到有一天，当他们去看他的时候，发现他已经不在了。他已经恢复了《蒙娜丽莎》中的一滴油彩的身份，像起初那样从小洞里钻出去了。这证明了世界上并不止一种生命，而是存在着许多各自遵循不同逻辑的不同生命，进化论并不足以将它们全部整合在一起。

另一些住在城里的孩子们正在一间位于七楼的公寓中的起居室里玩耍，这时他们看到了一滴正漫无目的地飞行的油彩掉进了阳台，而且找不到出去的方法，因为阳台上装着家长在家里有小孩子的时候都会装的防护网。

——爸爸！爸爸！有一只长着小胡子的鸟！

像是在这个塞满长着蕨类和天竺葵的花盆的狭小空间中受惊了一般，他来来回回地到处乱撞，从画"8"字到绕圈子再到螺旋形飞行，却总是找不到出口。在玻璃的另一边，房间里的孩子也没有安静多少。他们估计这滴油彩不会在那儿停留太久，但是即使是他们这些主意变得飞快的孩子，也被这持续不断的快速飞行吓呆了。他们原本可以把他收作宠物，给他建一个带有门窗的纸质小房子，一个冰屋，以及一辆适合他尺寸的自行车。

但是，转瞬之间他就飞走了。

——它逃走了！爸爸！妈妈！它逃走了！它是圆的，长得很漂亮！

当然，没有人相信他们。

与此同时，在挪威有一滴油彩飞往冰天雪地的北部寻找雪中的夜莺。他一头扎进了永无止境的漫长的一天，就为了追寻一个可疑的传说故事。粉色的晨光持续不断，映照着一座晶莹剔透的湖泊，在湖底一支套着潜水装备的"分钟"牌蜡烛正燃烧着，而且没有一点消耗。长着马头的懒惰的老鹰在一片无尽的寒冷上空滑翔。这滴油彩开着谢尔曼式坦克碾过冰面，留下一串粗粗的痕迹。当地人都被这一幕震惊了。整个挪威在这位武装油滴的前进下全都拉响了警报。他会去什么地方？根据这个国家从未被证实的传说，如果夜莺歌唱，湖底的蜡烛将会熄灭，艺术家们的灵感也会随之消散。作为交换，他们将得到永恒的悲伤。

战争不可避免地爆发了。从这辆坦克复制出了一千辆，每一辆都在一个玻璃六边形中，在透明的冰面上前进。这是一场完全由幻影和海市蜃楼构成的战争。白雪也开始了自我复制。她是一位白色的、身材肥胖的公主，是极地之王的女儿。对她的争夺引发了斯堪的纳维亚半岛中各种势力的敌对，因为她的血统堪称无价之宝。但是当她的复制品开始扩散时，白色的一片片造成了很大的疑惑。油滴坦克将军在一根刻着字的滴管中坐镇指挥着战斗。这场战斗的场景蔚为壮观：数百万骑着自行车的士兵在冰层上犁地，老鹰在眼前逐渐成长，而在背景中，总是有一只银色的夜莺躲在它用原子围成的帐幕里。这一切都起源于一滴油彩的行动！

之后，玻璃上的一条裂缝让雾气钻进来充满了整根滴管。挪威首相下令用泵抽走雾气，随后发现油滴已经不在里面了。他出现在了湖底，悬停在蜡烛火焰的顶端上方。火焰的热量让他软化变形，使他的颜色更加闪耀，浑身散发出一种古老花朵的神秘香气。

在辽阔无垠的草原上，一滴油彩创建了一家通讯社。播送新闻的噪音扰乱了乡间生活中一成不变的阴阳循环。这家"今日油滴社"收购了一支篮球队，他们的首秀是对阵美国职业篮球联赛明星联队，美国国务院亲自安排了这一趟旅行。重力先生的情人已经承诺将会出席，这支新球队由最高最强壮的当地放牧者组成，油滴先生亲自出任球队主教练，并采用了一种全新的训练手段。其实这种方法也不是原创，因为古罗马人曾经就用过，而且现在夏威夷的冲浪者们也在用。这种方法就是在训练中使用很重的青铜球来取代普通球，通过培养球员对重球的适应，来让他们在真正的比赛中能轻盈自如地控制皮球。第一天他们使用20公斤的铜球，第二天使用25公斤的，第三天使用30公斤的。沉重的篮球让巨人们都折弯了腰。油滴教练还变本加厉：他让球员们在10公里宽、3公里长的球场上训练，球场尺寸扩大的倍数和球重量增加的倍数相当。油滴教练非常擅长计算比例，连绘图纸都不需要。他在新闻业中也使用了这项能力：把新闻按比例夸大。他的通讯社因此大获成功，也从此开始风靡全球。

用不着指出如此繁重的训练会让运动员汗如雨下，因为本来这种在两个篮架之间跑来跑去扔着皮球的运动就不怎么人道。油滴教练在不考虑成本就签下了重力先生担任顾问，后者之前已经到了草原体育场等待他外国情人的到来，他们之间即将缔结婚姻：一条世纪大新闻。各大日报已经在头版头条刊登了重力先生，这位宇宙间的花花公子在和情人共度的第一夜之后，在离开情人下榻处时说："我们在海的另一边见！"在这片北欧海域的周围已经开始建造一圈红墙以把它封闭起来；墙的一侧将会连接古老城墙，产生雷霆万钧般的碰撞。

油滴教练的训练还没有完。他在比赛前夜偷偷地把先发五虎从床上叫起来，在月光下最后再练一次。他们坐上卡车，开往蒙古边境地区，停在银色的沙漠中。下车环视四周，发现地平线上竖起了一个40米高的篮架。另一个篮架立在对面，由于地球的弧度，有一半消失在了地平线下。一辆摩托车一路跟随着他们也来到了这里，发出阵阵轰鸣。他们双眼盯着摩托车手，看着他的脚踩上地面，双手摘下头盔。原来是重力先生。五个大个子之前只在电视上见过这位球队顾问，此时纷纷惊得目瞪口呆。媒体上的名人总是给人一种是否真的存在的错觉。油滴教练从空中飘到摩托车前，和重力先生一起松开绳索，解开绑在后座上刻有花园城市的徽章的箱子。箱子里是一只金色的海豹的头，重达50公斤。他们用这个东西来进行最后的训练，将身体力量发挥到极限，以获得潜藏在它之中的神秘力量。

"长传！"油滴教练一声令下，训练就开始了。接球的时候，他们踉跄一步，手臂上青筋暴起，嘴上挂着一丝苦笑：这颗海豹头的重量把他们的腰都快压断了。油滴教练声嘶力竭地喊叫着，要求提高速度，提高准确性。重力先生站在一边看着，脸上一副担心的表情，对他说："两三滴汗水无助于激发野性。"球员汗珠滴落的声音在整个蒙古的上空回响。

海豹头在控球和传接球间变得越来越热，它金色的头开始闪闪发光，大脑里的脂肪融化，从球员手指间流下来，让这颗"球"变得非常滑手，大大增加了投球的难度。

最后，所有人都站了起来，举起那个海豹头组成一个锥形。它的脂肪依然在往外流，色泽变得比月亮还明亮，在它的下面是五位篮球运动员，身体伸展得跟一条带子一样。他们开始加速，朝没有星星的夜空出发。身后是不由自主地被吸引过去的重力先生；他后面则是他的摩托车。油滴教练目送他们在空中越变越小，直到彻底消失。他此时唯一想到的是，重力先生和情人的婚礼看来又要推迟了。

此后，因为不合时宜的过度训练，油滴教练受到了人们的批评。他甚至在某一时刻怀疑自己，是不是做得太过分了。

然而，他身上的漠不关心的态度还是占了上风。现实主义的游戏中和了一切。即使是这些油彩们与生俱来的创造力，也会追溯到现实主义里去。据说在油彩的每一个化身中，创造力都用一滴墨水和对可能性的疯狂追求把自己记载下来。每一滴油彩都是自我封闭的，包围在它表面张力维持的微弱平衡中。没有什么互相联系：他们只是单纯地向外散射。

对于油滴来说，既没有门也没有窗。他们的故事中充满了创造力。有一滴油彩经过了奇迹般的手术长出了阴道，变成了女性，起了个名字叫作奥雷奥拉。之前的他被称作奥雷奥勒博士。某一天她悬浮在了空气中，思绪暂时中断了……

在这悬空中升华出了浪漫主义：奥雷奥拉穿着睡衣，悬浮在她的小小城堡的阳台上，楼下是一座花园，虫子和喷泉发出了窸窸窣窣的声响。她迷失于自己编织的蜘蛛网般的美梦中。城堡着火了，但火焰也发生了暂时的中断。油滴小姐身处另一个维度。只有她可以做到：又一次漠不关心的态度的体现，现实主义的机制为它增加了一些可信度。

突然，在故事的第三个层面，三个隐蔽的影子从屋檐和排水管上跃下，并迅速降到了阳台上，把她从她的梦中狠狠地拽出来。奥雷奥拉转过身来，发出一声凄厉的尖叫。她尝试了各种动作来试图摆脱那几只戴着手套的抓住她的手，但只是像在水银上漂浮一般徒劳。她唯一做到的事，就是让他们把自己的睡衣扯烂，头发弄乱；三个暗影互相协作，把满脸惊恐和泪水的奥雷奥拉扔进一个匣子里，"咔"的一声把盖子关上。聚集在城堡周围围观火灾的人都没注意到这场犯罪，那些像海盗登船一样忙于搭云梯的消防员就更没看到了。绑架犯们趁此混乱带着抓住的人质逃走：一辆车在城堡另一侧等着他们。他们在小山坡间开了有一会儿，在月亮升起之前抵达了一座废弃别墅外的花园。他们从后门进到房子里，把人质关进了地下室。

直到这时他们才放松下来，摘掉了兜帽。这是三个危险的罪犯：花洒先生、水管先生和龙头先生。他们从多年以前就开始策划绑架一滴油彩。这些体型肥胖、声音沙哑、浑身镀了铬的家伙们在一张桌子上疯狂地跳着舞，发出金属碰撞的噪音。他们打开了一瓶干邑，并打电话给重力先生勒索赎金。

叮铃铃……叮铃铃……叮铃铃……

铃声在山间回响着。回音从一个山头传到另一个山头，连绵不绝。

所有相关文件都由油滴出版社出版。摄影和打印技术的进步让掌上博物馆变得不再遥不可及。这里我们需要回到这个故事发生之前的时间段，来完成这幅"图画"。使用机械设备（摄影机，打印机等）复制艺术品的代表作便是《蒙娜丽莎》。抛开这幅美妙绝伦的作品本身所获得的成功，有一些历史事件将它抬高到了现在的地位。其实还有其他几幅女性肖像画，同样出自达·芬奇之手，也完全可以摆在第一的位置。切奇利娅·加莱拉尼的肖像画，《抱银鼠的女子》[1]，被多位评论家赞誉为最漂亮、完美的画作。或者吉内薇拉·班琪的肖像画[2]，上面画了一位板起自己圆圆的娃娃脸的女子。这两幅作品都不缺乏激发想象力的神秘感……为什么只有《蒙娜丽莎》具有无可比拟的知名度？十九世纪恰逢旅游业萌芽以及整理西方艺术的书籍开始不断出版，《蒙娜丽莎》在卢浮宫中受到了举世的瞩目，而切奇利娅和吉内薇拉二位则在波兰克拉科夫和列支敦士登不

----

[1]《抱银鼠的女子》由达·芬奇于1489至1490年间创作完成，现收藏于波兰克拉科夫的恰尔托雷斯基博物馆。作品中的女子名叫切奇利娅·加莱拉尼，是达·芬奇资助人米兰公爵卢多维科·斯福尔扎的情妇。

[2]《吉内薇拉·班琪》主人公为15世纪佛罗伦萨贵族女子，此画作原为列支敦士登王室收藏，现藏于华盛顿国家美术馆。

为人知的画廊中备受冷落。

1911年的盗窃案让《蒙娜丽莎》上了各大报纸的头版头条。从这一年起，通过摄影和冲印大量复制艺术作品的技术也开始萌芽。这股势头愈演愈烈，《蒙娜丽莎》的无数复制品也因此为它树立了坚不可摧的形象。

不过还有其他的因素，另一个文明史上诞生的新事物，也参与到这个过程中来：新闻的全球化。在新闻业已经达到产业成熟期之后，短短几个月内，发生了两件大事考验了新闻业的成熟度并使之开花结果：《蒙娜丽莎》的被盗和"泰坦尼克号"的沉没，这两件事各自成了一段传奇。由于都是第一次发生这样的事情，因此都成了津津乐道的大新闻。所有之后发生的都被归于简单的替代。《蒙娜丽莎》中逃走的油彩开办了一家新闻社，这件事只是单纯的因果循环而已。

"今日油滴社"尤其擅长于寻找新的"圣杯"：一颗油腻的、为人类思考的金色海豹头。在前进道路上的是重力先生的一出壮观的舞台剧：他在世界上的沙漠中游荡，而把情人留在圣坛上，穿着新娘的服饰，手里拿着一朵马蹄莲。重力先生本人是跟不上节奏，但他可以通过自己地理坐标的对数来计算自己的移动速度。他还留下了一条黏土的痕迹。通过实验室的测定，这些黏土的成分主要是一种有机物质"忸",这东西的细胞可以随性欲的高涨而膨胀。它的膨胀事实上是无限制的,这得益于它的充满韧性和强度,甚至带来纺织工业革命的细胞膜。此后,它被用在篮球运动员的球衣上,因为他们总是越来越高,越来越强壮。

火星先生,一滴很喜感的油彩,从事了滑稽演员的职业。他搜罗了一大堆老笑话,每晚在赌场开设的酒吧"巴登-巴登"里讲。他的出场顺序排在一组女高音二重唱之后,在机器人"敏感的钢"出场之前,晚会主持人对他的介绍是"世界上最搞笑的一滴油彩"。笑话本身一点不好笑,不过笑点在于他微小的体形和洪亮的声音间形成的反差。在他开口之前,他看起来就是这么装模作样:高礼帽、束腰晚礼服、单片眼镜,还有手杖,全都贴合他没有手没有脚的球状体形。许多观众纷纷掏钱买一套复制品,带回家当纪念品。

赌场里的演出季持续了三个月。在其余的时间里,火星先生待在森林中的树屋里过冬,过着一种隐士的生活,没有请家政服务,也没有一位邻居。和许多滑稽演员一样,他本人其实是忧郁而厌世的。在说完最后一个笑话的那一刻,他的幽默感就到此为止了,剩下的只有苦涩的空虚。他大概会喜欢人们称他"火星,一滴胆汁"。年复一年,他也从不更新他的笑话,大概他想看看这些东西能持续使用多久，即使它们已经破破烂烂，被摔得粉碎。午夜时分，这些笑话们依旧会出现在他面前，飘浮在他带棚的床上，试图吓唬他。当它们发现这毫无作用的时候，就悄悄溜到荒野上，发出阵阵叹息。

这是美丽的旋律，这是森林的声音。

画面切换到佛教国度中美丽而经典的夕阳。男男女女在贫困的社区间行走，手上提着装满水的银罐子。旷日持久的贫困阻碍了任何新事物的进入，然而……突然所有人抬头望向天空。天空中有一滴油彩，他决定在此现身。他呈现出红色、玫瑰色、绿色、橙色、深红色和碧绿色，微微发些磷光，天鹅绒般柔软而紧致，还有一道酒窝。他本身是实心的，但在空气中显得如一个小孔般空洞。在夜幕降临之前，他已经缓缓降落到地面上。那些穷佛教徒们试图把他抓住。他流体的形态成为了公共和私人之间的黏合剂：在统计学上，亚洲的大规模贫困已经成为一个公共问题，或者说社会问题，个人隐私只存在于有钱人的生活里。在此之前，公共和私人之间的连接是通过那些银色的罐子来实现的，穷人们得攒很长时间的钱才买得起，并把它们视作个人甚至是家族的财宝。这滴油彩的出现让银色罐子过时了。最后谁都不敢碰他，在他的周围建起了一座漂亮的公园，而这座神圣的公园，最后成了濒临灭绝的小狐狸们的避难所。

然而，森林正渐渐侵蚀佛教国家的地盘。随之而来的是蛇，它们在村庄中游荡，喝山羊的奶和孩子的血，卷起那些信仰莲花者的裸露的双腿，把他们绊倒。不过，传说中的反派在故事里总会有一个解决的办法。从油滴降临的那时起，穷人们就已经不再举着银质的水罐，所以他们可以腾出双手来对付这些滑溜溜的蛇。

在狐狸公园中央被供奉起来的油滴被称作"辉煌繁荣之神"。他一动不动，不会说话，也不会打手势，但是各种思想都汇集于他一身。人类学家们研究了他的成分和社会影响。他到底是什么，凝胶？脑组织？牛轧糖？他们都无从得知。从气味上判断，他们觉得他可能是月球上的一颗4微粒。从社会影响的角度他们无法深入太多，因为这些影响总是间接的，甚至过分间接的。在贫困的民间产生了一种给狐狸进贡丝绸帽子的习俗，每家每户都制作不同颜色的帽子，印上各自的图案。和购买银色罐子的一样，穷人们即使自己吃不饱饭也不吝惜于购买最好的丝绸布料。人类学家们对此感到非常困惑。他们觉得他们触碰到了贫困的秘密，但是是从远处，通过某个遥控器。

有一滴油彩定居在了一个浓雾笼罩的国家。他住在一栋三层的法式楼房里，房子建在悬崖上，虽然气派但显得和环境格格不入。他在顶楼的书房里装了一部电话；在那个与世隔绝的小房间里，他身上穿着格子睡袍，嘴里叼着三根烟斗，一边看着翻滚的波浪，一边管理着他旗下遍布全球的企业和投资项目。这些遍布各大都市的办公室中的员工们都没有意识到：给他们发号施令的天才头脑其实只是一滴油彩。他们只知道他是个古怪的人，怀疑他是个厌世者，甚至有些疯疯癫癫。他使用了一套用电脑编译的可视化的交流系统，但是这套系统效率极其低下，因为它表达一个词语需要使用数万张图片，而且即使这样也会时常让人摸不到头脑。出于他传达的信息中的机密性，这种联络方式可以视作一种保密手段，不过这只是个借口罢了。他的本意是以此掩盖一位金融巨头只是文艺复兴时期的一滴油彩这件最难以置信的事。

并非所有的油彩都过着如此荒诞的生活，或者经历如此令人难忘的冒险和创造。事实上，大多数油彩们都以普通的方式在世界上生活着，像大多数人一样虽然抱有疑问，但却人云亦云，在工作和家庭中得到小小的满足，过着轻轻松松的日常生活。他们梦想着其他所有人的梦想，他们的观点总是随波逐流。当需要投票时（因为民主制度在全球范围内的传播），他们会和我们所有人一样问道：什么才是生活的终极意义。

每一滴油彩都曾是，又都不曾是《蒙娜丽莎》。卢浮宫的女神不管是在卢浮宫里，还是在其他任何地方，都已经不存在了，但却依旧映在一千块记忆的薄膜上，汇集成一个实实在在的人的形象。似曾相识的感觉在所有人之间传播开来，像是没有明火的烟，或者不会结果的花。在世界上不存在这样两个人，他们之间需要用多于6个人方能建立联系（这是通过验证的）。①其中不管是活人还是死者都可以用来建立相互关系。社会熵②的定律决定了关系链只会越来越短，这是不可逆转的趋势。人口的爆炸是一个内爆的过程。直到有一天，一个人和一个完全一模一样的自己相遇，"就像两滴水滴一样"，更确切地说，就像同一滴水一样。

一滴油彩留在了阿根廷，这个代表性的国家生活。他起了个非常阿根廷化的名字"内里多"，并打算找个女朋友。对于其他任何人来说这大概只要花几个小时就够，但是他既内向又笨拙，常常想不出话可说，因此几年过去了还是没有找到。他就像受到了诅咒一般厄运缠身，不过即使是他也不得不承认，运气这样东西或好或坏，都不是主

---

①这项假设被称为"六度分隔理论"。

②社会熵是物理学"熵"（体系混乱程度）的概念在宏观社会学中的应用，描述社会结构的自然解体。

要原因。每一场派对、每一次聚会只要邀请他，他必然去参加，去舞厅，去瑜伽，去绘画工坊，去参加游行，他就这样绝望地寻找着伴侣，简直就像一条伸长着舌头的狗一样。他知道必须抓住任何机会，一切成败都在一瞬之间，为了那一刻他不断磨练自己的注意力，激发自己的主动性，演练自己的气质。这并不是说他不真心诚意；事实恰恰相反。他想要一个，更确切地说是需要一个伴侣；当一天过去，他依然无法捅破"独身"这张神圣的窗户纸时，他作为一滴油彩的小小的灵魂就会感受到失败的苦涩。

他甚至想过去当牛郎。不管怎么说，伴侣是伴侣，爱情是爱情，也许一滴油彩没法有那么深刻的体会。不过他很快抛弃了这个念头，不是出于道德或者审美上的顾虑，而是当个牛郎对他来说更加困难。而且他也不想做什么奇怪的事，而是和其他所有人一样，有个妻子可以拥抱、亲吻，以及共同度过寒冷的冬夜……没什么比这种想法更加正常的了。这是所有活着的生物的基本追求，像一台永动机一样驱动着时间的车轮滚滚前行。

大概他的问题在这里：没有一条"大限"来给他足够的刺激。当他坦诚面对自己的时候，他应该可以认识到一滴油彩和一位年轻人之间的差别，至少从女人的角度来看。这一点每天都提醒着他，不仅仅是在他徒劳无功的寻觅中，而且也在他的日常工作里。这两者不应该分得那么开，恰恰相反：他曾在杂志上读到，百分之八十的恋爱关系是从工作场所萌芽的。他在一家生产纸板箱的工厂工作，但是在那里不可能找到爱情，因为他独自一人在小小的印刷间工作，而且本来厂里也没有女性工人。（工厂雇佣他是为了让他用他小小的圆圆的身体在印章上滚动，以便在纸板箱上面刻下"阿根廷制造"几个字。）因此，所有的机会都来自他每天下午从工厂下班后的另一份工作：在一家售货亭贩卖糖果和香烟，从下午4点到晚上10点。在那里的确可能有机会，事实上是有，但也不是什么好机会。顾客们从两边走来，把身子探进去，直到最后一分钟才会毫无准备地和店员打个照面。因此，顾客对此不会抱有什么特别的期望（尤其是买一些像巧克力和香烟一般再普通不过的东西时），无非就是一个普通人，用日常和其他人打交道的方式来接待他。当看到一滴直径1毫米左右的彩色油滴而不是熟悉的人类时，顾客们感到的是不太愉快的惊讶。有些人无法隐藏这样的情绪。从一开始交流就很不舒服，之后也是这样。熟客们则不会注意他，心不在焉地像机器一般完成交易。

久而久之，内里多先生开始相信解决方案就隐藏在问题本身之中。他想起了一个明显的事实：如果说他不是人类，而是一滴油彩，一滴来自于世界上最著名的美术作品的油彩，那么他就不受人类世界的一切规则的束缚，可以做任何想做的事情。一滴禁锢在画框里的油彩受限于周围其他的物质，画家的构思，以及艺术的表现等等上千个因素，而它对此却无能为力，然而一旦它获得独立，投身于这个世界中寻找自由的独特味道，一切都将改变。

但事实却不是这样。什么都没有改变。真奇怪。也许是因为跨过现实的门槛，从最复杂的原子结构建立起来的定律对所有的事物都能发挥效力，一切平等。一滴魔幻的油彩所遇到的现实和人类的现实并没有什么区别。

渺小的阿根廷售货员体验到的这一点，同样也从宇宙的角度得以确认。有一些油彩突破了最后的边界冲出地球。他们意识到，他们之前在人类的世界中转了一圈又一圈，完全是出于习惯，因为那时他们的脑海中还未闪现去探索深不可测的宇宙的念头。可是一旦有人起了头，其他人便会紧跟而上。这完全不是件难事，他们不需要呼吸，太空中的辐射和种种不利条件对他们都不构成影响，顶多就是在恒星附近会变软一些，而在温度极低的地方会变硬一些而已。距离也不是个问题，因为他们四散而出时产生的时间停滞，使得它们一秒钟能跑三十万光年。一个个星系看着他们像离弦之箭一般穿过，在虚空中的红色夕阳下，它们开始接过构成物质的任务，留下了目瞪口呆的原子以及各种微粒们。

没人在宇宙中感到厌倦。就像是在虚空的深渊里进行一场凶残的竞速，结构复杂的流星赛车闪着亮光，在永无止境的赛道上一圈又一圈地跑着。无影却有形的光在这虚空中张开了一道屏风，它的背后就是黑暗的起点。在这屏风上的一个小黑点展开了一些新的宇宙，日后它们也将成为现在这个宇宙。灯塔的光束将呼啸着扫过星云的残垣，就像清扫巨大的地下室一般。

在这些平行宇宙不可思议的相交处，两滴油彩相遇了。在一颗遥远的高密度气体行星上，一滴油彩朝由岩石成分构成的表面投下了影子。由于他完美的球体外形，他的影子无论太阳和月亮处于什么位置都是固定的。另一滴油彩坐着火箭从另一个方向飞来。他们用麦克风相互交流。宇宙飞船的影子一开一合像扇子一般。天空依然是黑色的，只有一道道螺旋形的氦的痕迹。

他们各自开始探索这颗星球。两滴关在宇航服里的油彩在大气密度高一万四千倍的卡伦巴星上飘浮着。在地平线上远景缓缓展开：她踩着高跷，戴着珍珠项链，挎着黄色手提包，白色的鬈发扬起一道道夸克①螺旋。她似乎很冷漠，眼睛不看着任何人，因为她知道所有人都在看着她：事实上两滴油彩正陶醉其中。自从逃离了画框，他们已经感觉像是被这神圣的美抛弃了一般。他们曾想过回到她无形的翅膀下，然而她却看也不看他们一眼。她的视线停留在了更远的彼端。被美所抛弃就是他们为了自由，为了能够抵达如此遥远的星球而付出的代价吗？不知不觉间，他们之间构成了一个完美对称的形状。

然后一些事情便发生了。随着一声惊雷，黑色的穹顶裂了开来，披着深红斗篷、穿着尖头皮鞋的重力先生从天而降。两滴油彩非常惊恐，因为他们认为重力先生要降落在他们头上把他们压扁。然而让他们如释重负的是，他从他们头上越过，停在了向下弯曲的地平线上。远景小姐站在同一条线上，滑了一跤，摔进了重力先生的臂弯中。他已经张开双臂，撑起小伞等着她。她摔得恰到好处，就像是心脏自己迎着长矛刺进去一般。当他们互相接触的时候，传来了接吻的声音，强烈的光束朝各个方向四射而出，让天上的星座都黯然失色。到底发生了什么？只不过是两滴油彩的汇聚，让始终高高在上的远景小姐也触碰到了和自

---

①夸克是物理学上一种构成基本粒子的更小的微粒。

己亲近的对方而已。重力先生已经为此等待了无数个千年，他不会错失这个机会。感觉到了两滴油彩的帮忙，他手上抱着远景小姐，回过头朝这两个"同伙"挤了挤眼睛。两位宇航员为此感到相当惊奇，他们只是偶然出现在了一个可能是任何地方的地方，却带来了如此重大的影响。自从逃离卢浮宫里的画框后，他们已经习惯于无声无息。拥抱仍在持续，并导致了变化的产生：重力先生原本严肃且肥胖，却变得苗条又风趣；远景小姐一改往常显得松松垮垮的形象，皮肤变得紧致而有弹性。婚礼立刻就举办了，连寄送请柬的需要都没有（请柬从宇宙大爆炸那一刻起就已经在路上了）。

两滴油彩互相看着对方，像是在说"你看啊"。他们脑海中同时浮现出了同一个想法：现在重力先生的情人注定孤独终生了。他们想象着他站在花园城市的圣坛下，身穿白色礼服，手捧马蹄莲，一行热泪从爬满皱纹的脸颊上流下。这是他们最后的，也是最真实的幻想。

新婚的夫妇跳上车出发了，拖着一串串金属罐子划过天空。这场蜜月之旅充满斗志，因为他们将要和进化论小姐，这位永远的孤独女子展开最后的决战。这一次，力量的平衡（原本是分而治之）被打破了，因此她即将被打败。

但是那些游走于现实与幻想的边界的油彩们……依然

在现实这一边，无法摆脱这悲伤。

2003年6月19日

第三篇

Los Osos Topiarios del Parque Arauco
阿劳科公园的植物雕塑熊

当太阳从安第斯山脉的群山中探出头，照在拉斯孔德斯上空的时候，穷孩子们从圣地亚哥周围所有的贫民区赶到这里，手里拿着空可乐瓶……这是每天的朝圣。

阿劳科公园①的植物雕塑熊

照片不会说谎：肯尼迪大道的商场入口两侧，有两块用多年生植物的深色嫩叶修剪成的图案。它们代表着：

一边的图案是一头大约6米高的北极熊。它的比例非常匀称，右爪子拿着一瓶可口可乐，也是相同的比例，也就是说非常巨大。一段距离之外有两块由同一种植物修剪成的图案，代表着两只小熊。一只站立着，把前爪伸向那只大熊；另一只坐在地上，眼睛也朝着大熊看去。

另一边的图案，距离前一幅有大约100米。和前一幅一样，也是一头大熊，同样拿着一瓶可口可乐。不过这一幅里只有一只小熊，它紧靠在大熊身边，前爪伸得老长，像是想要被抱起来，或者是抓到那瓶可乐。

———————————

① "阿劳科公园"（Parque Arauco）是位于智利首都圣地亚哥的一家购物中心，坐落于圣地亚哥大区东北部的拉斯孔德斯（Las Condes）。

　　这两幅植物雕塑可以按顺序串成一个小故事。第一幅可以认为是，这头熊出现在它的孩子们面前，对它们说"看我带来了什么"。第二幅中，一只小熊跑到它跟前，伸长了爪子，打算攀爬大熊用绿叶构成的巨大身体，奔着那瓶被大熊高高举起，像是在说"现在不给"的可口可乐。而它的兄弟这时候已经不知去向。

　　这是一个快乐版的"拉奥孔①"，是用能够生长、更新、开花结果的植物制作的活的雕塑。与拉奥孔不同的是这雕塑分为两座（拉奥孔只有一座），预示着一个结局：一个把激情等分的方程式。死亡方程式转化成了生命方程式：这就是可口可乐的方程式，一个遍及全球的秘密，一个所有人都触手可及的秘密。

　　大街上的车辆飞速驶过，不知其名也无关紧要。雕塑熊对旅人而言只是瞬间的风景，两座雕塑之间的距离短到仅有几分之一秒，它们就像一本手翻书，像是动起来了一样。司机们专注于这块地区恶劣的交通状况，根本没有注意到它。然而孩子们却看到了，他们贴在两侧的车窗上，

---

　　①拉奥孔（Laocoonte）是特洛伊人，在特洛伊战争中警告同胞不要相信希腊人的木马，被雅典娜派去的海蛇缠绕致死。雕像《拉奥孔和儿子们》大约制作于公元前1~2世纪，表现海蛇杀死拉奥孔和他的两个儿子的场景。雕像出土时右臂缺失，经修复后现存于梵蒂冈博物馆。

看着他们最喜欢的这一幕。常经过这段路的孩子知道应该从哪里开始探出头去：稍微提前一点以确保不会错过。对其他孩子来说，这则是一个惊喜。不过即便是瞬间的惊喜，他们也能知道它的内容，能抓住并演绎其中的信息，即使是最小的孩子。

这是一门普世的语言，这门语言仅仅针对孩子，而不是大人们。不过这两座雕塑里包含的不仅仅是一个信息，也不仅仅是一门语言。坐车经过的孩子们，或者牵着父母的手高高兴兴走进购物中心的孩子们，不是唯一的受益者。还有其他的孩子，那些看不见的、藏起来的孩子们，才是《阿劳科公园的植物雕塑熊》这则寓言故事的主人公。

当太阳从安第斯山脉的群山中探出头，照在拉斯孔德斯上空的时候，穷孩子们从圣地亚哥周围所有的贫民区赶到这里，手里拿着空的可乐瓶，每人一个（只能拿一个，这是条不成文的规定）。这是每日的朝圣，不管住得近还是远都会来；甚至还有住得非常远的，他们迈着小小的脚步，看上去哪都走不到，但其实已经走了很长一段距离。有些孩子一定是在黎明到来之前很久就出发了。他们在每天第一缕阳光到来的时候就抵达了阿劳科公园门口，在那里会合，不过不是所有人都在一起，或者是结成许多个小组；有些人放慢脚步，有些人则加快脚步，还有些人停下来安静地等着，给先到的孩子让路。一个接着一个，他们走近了雕塑熊……

在这场清晨的聚会中，重复循环着一个小小的、善意的奇迹。一个穷孩子走近一头熊（任意一只），用双手捧起了破旧凹陷的空可乐瓶。伴随一阵难以察觉的风吹草动，这头熊动了动自己的绿叶脑袋，把目光锁定在这个孩子身上。没有语言，没有微笑，甚至连目光也没有，如果是按照我们的世界里对"目光"的定义的话。它估量着这孩子的贫困程度，随即理解了他，并对他表达了爱意。然后，它将自己手中的巨大的可乐瓶倾斜下来，瓶口对着瓶口，无比精准地将孩子手中的瓶子灌满，一滴也没有洒出来。那孩子把这份沁人心脾的礼物紧紧抱在胸口，转身离开，把地方让给下一个孩子，然后飞快地走回家。他们所有人，所有圣地亚哥的穷孩子们都是如此，没有一个空手而归，因为雕塑熊手中巨大的魔力可乐瓶永远都不会枯竭。

每个清晨都不会让人失望，无论是冬天还是夏天。当一天骤然开始，一批批购物中心里的商店和餐厅的职员走下橙色的大巴车时，最后一个穷孩子都已经走远了，手里捧着满满一瓶冒着气泡的可口可乐，而那两只雕塑熊则在一天的余下时间里恢复了它们威严和寂静。

商场边上高耸的万豪酒店像日晷一样投射下阴影，在固定的时刻覆盖住一头熊，继而淹没了另一头，像是友善地抚摸着他们。我待在二十三楼的行政酒廊中无所事事（我从来就没有什么事可做），一边喝着威士忌，一边思考着这世界上最崇高的现实。

Cecil Taylor
塞西尔·泰勒

出汗成了他的第二天性。在他的旧钢琴边弹上
一个下午就能使他减重5公斤。当他穿着宽松的裤
子、洁白的衬衫和针织的背心坐下时，整个人轻盈飘
逸得如同一个小摆件。

塞西尔·泰勒[1]

纽约曼哈顿的黎明时分。在第一缕忽隐忽现的阳光中，一名黑人妓女完成了一整晚的"工作"，正穿过最后几条街道返回自己的住处。她披散着头发，挂着沉重的眼袋。寒意料峭的清晨让她从烂醉如泥变成了半醉半醒，憔悴地游离在世界之外。她没有离开自己居住的社区，因此并不需要走太多的路。她的脚步非常缓慢，甚至像是在倒着走，任何分心都会让她的时间融化在这空间之中。虽然真的很想睡一觉，但是此时此刻她甚至想不起这一点。街上基本没有人。她脚踩紫色恨天高，穿着高开衩的紧身裙，不过这个时间出门的那极少数的几个人（还有那些"无门可出"的人）都认得她，所以并不会正经朝她这身打扮看一眼，

---

[1]塞西尔·泰勒（Cecil Taylor，1929—2018），美国钢琴家、作曲家及诗人，被视作自由爵士乐的先锋之一。

也不会直视她那双空洞、泛白的眼睛——即便是换作其他人也懒得看。这是一条零星分布着老房子的狭窄街道，每家每户都有各自的门牌号码。这条街的后面有两个建筑稍显现代气息，但却严重缺乏维护的街区：街边布满了商铺和凌乱的公寓，横七竖八地伸展着消防楼梯和脏兮兮的屋檐。再过一个路口就是她每天在里面睡到下午的那栋楼。她带着两个年幼的弟弟租住在其中的一间房间。但在抵达之前发生了一件事：半路上有约莫五六个面如枯槁的人围在一起，目不转睛地盯着一扇橱窗。她对这些呆若木鸡的活雕像产生了好奇。这群人一动不动，就连烟头的烟也不再升起。她手头倒是已经没有香烟了。她看着这些人，慢慢地接近他们，断断续续的脚步声越来越轻，就像是在走钢丝一样。但即使走到他们跟前，这些人仍然看都不看她一眼。她花了一些时间才了解他们到底在看什么。在他们眼前的是一家已经废弃的商店，混浊的橱窗后面，昏暗的阴影里堆积着布满灰尘的箱子和垃圾。除此之外，还有一只猫，以及它身前，靠着玻璃的一只老鼠。两只动物互相凝视着对方，猫捉老鼠的游戏已经结束，猎物已无路可逃。猫极具耐心地紧绷起一根根神经。那些观众已经完全石化，甚至已经都不算是雕像：他们就像行星，是这个冰冷的宇宙的化身……她用钱包砸碎了橱窗。那只猫的注意力被吸引了短短一秒的时间，而这已经足以让老鼠逃走。观众们从冥想中醒来，厌恶地看着那个捣蛋的黑人女子，一个醉鬼吐在了她的身上，另外两个则尾随着她……在黑暗褪去之前，一出暴力的场景就可能上演。

事情接踵而至。眩晕。天旋地转。这是一条永无止境的锁链，即使强行插入结尾也无法中止。眩晕导致焦虑，焦虑使人麻痹……我们不用为眩晕下一个定义，不用在不同的术语之间寻找一条将它们区隔开来的鸿沟。静止是艺术家身上的艺术，在镜子的背面是艺术作品中发生的一切。黑夜周而复始，白天亦是如此；但有个怪异的东西夹在这持续不断的运动中：黎明和黄昏就像掉进了冰窟窿里的硬币。雕像的双眼在睁开时紧闭，又在紧闭时睁开。战争中的和平。然而有一种超越现实的无法控制的运动，它能使其他人躁动不安，而且使他们都有各自不同的躁动模式。艺术在螺旋式上升的过程中产生了图书馆、剧院、博物馆，以及一个个幻想的世界。当它停下的一刻，便留下了无数遗产。这些遗产随着时间的推移又开始了自我增殖……但是我们都知道，生命是独一无二的。因此，为一位艺术家写传记的难度在于"写"本身。这并不是简单的报个流水账（这谁都会），而是在思想中创造种种不稳定的状态。这就是为什么传记通常都十分冗长。没有什么东西足以抚平静止之中孕育的躁动。一个个故事竭尽全力想要整合成一体，但却燃成灰烬，坠入虚无……不过，没人关心这个。

而且，为什么要关心这个呢？反正是别人的生命。孩子们阅读着著名音乐家的生平，这些人几乎都是从孩提时代就靠着神秘的天赋成为了小小音乐家。他们能听懂鸟儿的对话，睡觉时耳边都回响着溪流的低语。即使生涯里遭遇坎坷，也都不是来源于现实，而只是为了启发读者进行的虚构。他们的一生就如同圣人一般，遭受的迫害和殉难都是获得成功的工具。所有的圣人都成功了；不仅是他们，也包括那些小小音乐家们：所有传记的写作对象都是成功人士，都是人生的赢家。在无数曾存在于这个世界的人之间，历史仅仅挑选出那些胜利者，这就是它展现的道德说教的极限。出于陈腐的本质和一成不变的传统，这些描述他人生平的故事不会在人们记忆中停留很久（最后它们都会互相混淆），但这不会阻止人们重构它们。它们像一张张色彩斑斓的幻灯片被拼接起来，从A点到B点，然后从B点到C点……当灯光暗下来时，这些亮点开始发光；它们就是那些美丽的灵魂升上天堂组成的星座。人们几乎不可能怀疑这些传记，尤其是当它们成为哺育我们过去和未来的童心的精神食粮的时候。"过去"中蕴含了未来的成功，而"未来"中则包含了丰厚的回报，甚至比任何精准的预言预测的都要丰厚。

为了解释得更清楚，让我们看一个更具体的例子。他是我们这个时代最伟大的音乐人之一，毋庸置疑。他就是塞西尔·泰勒。他为爵士乐而生，并始终忠实于爵士乐的外在形式：他在酒吧、俱乐部和音乐节上演出，将各种爵士乐器融合起来，以及模糊地（或者说令人费解地）表现出源自于雷尼·特里斯坦诺①和戴夫·布鲁贝克②的东西。但是他的原创性已经超越了音乐流派。他的作品不仅是爵士乐，也可以是其他任何类型的音乐。他将音乐彻底分解成了原子，然后像二十世纪中催生幻想与梦魇的机器一样将这些粒子重新组合起来。在塞西尔·泰勒的传奇故事中，他于1956年推出了首张无调性的爵士乐唱片，就在桑·拉③发行他的作品的两周之前。（或是之后？）他们之间互相并不认识，也不认识在美国的另一边开展同样的工作的奥尼特·科尔曼④。他们三人（也包括埃里克·多尔菲、阿尔伯特·埃勒等）在更高的层面上都展现出了超越个人

①雷尼·特里斯坦诺（Lenny Tristano，1919—1978），美国爵士作曲家、钢琴家。

②戴夫·布鲁贝克（Dave Brubeck，1920—2012），美国爵士作曲家、钢琴家。

③桑·拉（Sun Ra，1914—1993），美国爵士乐作曲家、钢琴家及诗人。名字来源于古埃及太阳神"拉"。

④奥尼特·科尔曼（Ornette Coleman，1930—2015），美国爵士乐作曲家、萨克斯风演奏家、小提琴家及小号手，自由爵士乐的先驱之一，早年曾在洛杉矶开始了爵士乐生涯。

才华和灵感的东西。

这个更高的层面就是历史。历史的重要性在于它让我们得以中断由艺术而产生的无限连锁。不过也正是艺术的无穷无尽，使这种中断失去了本就根基不牢靠的意义，变得肤浅而冗余，就像葬礼上的一声干咳。但是，它却又从历史的无足轻重中产生了必要性，而这也是它最主要的性质。它的必要性毋庸置疑，虽然只存在于一瞬间；而"一瞬间"本身也是必要的，这也是为什么人们总说"给我一会儿就好"。

传记，说到底也是文学。文学注重的是细节，是环境，是这两者之间恰到好处的平衡。精确的细节使一切跃然纸上，但如果失去了环绕覆盖在四周的环境，细节只不过是一份杂乱无章的目录而已。环境使作家能够以自由的力量写作，不带特定的目的，在这样或者那样的空间中天马行空。它就像一条充满阳光的隧道，在这个空间里作家和作品交融在一起，不再区分彼此……环境是地区文化诞生的条件，也是音乐的载体。恰恰相反，音乐不会打断流动的时间。

让我们重新回到1956年。纽约市里有一位三十出头的黑人音乐家塞西尔·泰勒，一位前卫的钢琴家，一位深受二十世纪流行文化浸染的作曲家（或者说即兴创作家）。他自创的音乐风格已经站稳了脚跟。除了寥寥数位音乐家和朋友，其他人完全不知道、也无法理解他当时正在做的事。他们怎么可能理解得了呢？这位年轻人的音乐超越了可预知的范围。钢琴在他手中成为了即时而自由的创作工具。在他的即兴作品中得到发扬的"音群"①尽管之前已经为另一位音乐家亨利·考埃尔②所用，但是塞西尔把它那和谐而复杂的性质发挥到了极致，尤其是将无调性的连续乐音系统化地整合到了有调性的乐句中，这是一项前人无法比拟的工作。弹奏的速度，不同技法的交织，音乐的连贯和插入其中的间断，重复的乐句，一个个乐章，所有这些被他用以突破传统的手段让他的音乐和任何人们所熟知的旋律背道而驰，构建出恢宏却又宛若废墟般虚幻的巨作。

他住在曼哈顿东城的一间转租公寓里。这里是硕鼠的王国，还有数不尽的蟑螂。破旧的房屋，狭窄的楼梯，杂乱的物品，半掩的房门以及收音机里传来的声响，这些就是他生活的环境。他在房间里睡过整个白昼，然后在黄昏时分出门，去一家酒吧上班，这也是构成他的"环境"的一部分。当时他已经为一家独立的小公司灌录了一张唱片

---

① "音群"，或称"音簇"，指3个或以上相邻的乐音构成的和弦。

②亨利·考埃尔（Henry Cowell，1897—1965），美国钢琴家、作曲家，现代音乐重要的开拓者。

（即《爵士前进》），但是并没有发行。在这家酒吧经历了一次出于种种原因不太成功的毛遂自荐之后，他产生了找一份稳定工作的念头，于是从几个月前开始，他就干起了洗杯子的活，并等待着弹奏钢琴的机会。当时城市里有很多在夜生活场所提供现场演奏的机会，许多知名的（或初出茅庐）的音乐人不断地轮流演出，因此他也一定会等到机会的。那是一个创新的年代，人们对一切新事物都如饥似渴。

当然，鉴于他从事的艺术的极高要求，一举成名是完全不可能的，甚至连"像石子投入水中掀起一层层涟漪"那般，逐步走向成功的机会都没有。他也没有那么天真。但是他正在（也有权利）等待，等待自己的天赋得以兑现的那一天。一个真相，以及一个谬误。正确的是，如今他得到了全世界的赞誉，可能我们这些常年以无限敬仰的心情听他的唱片的乐迷是最后一批对此曾抱有疑问的人。但是，这个故事也有一个逻辑上的错误，而且也相当容易发现。很显然，人们可以质疑他的故事只不过是一个文学创作。这点并没有错，但是它一旦被创作出来，就获得了某种奇特的，可以反过来影响这个故事本身的必要性。刚才那个妓女放跑老鼠的故事本身并不算是必要的，但这并不代表着整个系列故事都可有可无。塞西尔·泰勒的故事也可以套用到那些寓言故事的模板里，里面所有的细节都可以随便替换，似乎"环境"在这里并不是个必要条件。但没有了作为声音传播的媒介环境，我们又怎么能听到音乐呢？

最终，他在一家破落的钢琴酒吧里迎来了自己的首演（事实上之前他还表演过一次，不过他不想把那一次算上），虽然音乐在那里只能排第二位，充当的也只是客人们等待和吞云吐雾时的背景。不过后者（或者说两者，因为它们其实是一体的）让塞西尔在当时相信自己应该可以引起人们一些兴趣。他唯一能确定的是，他绝不会把这场演出搞砸。虽然引起丑闻反而可以吸引更多的注意，但他温和而沉稳的个性阻止了他这么做。然而在那样的环境里，即使改变主旋律也很难让任何人感到一丝惊讶。在他眼中冷漠就好像是平面，而兴趣则是平面上的点。平面可以像遮阳篷一样覆盖整个世界，而兴趣则真实而精准，就像人们见面时的一声"早上好"。他准备好了成为那堆大型几何体中存在的固有的不协调感。但随机出现的听众可能暗示出这样一件事：没有人会意识到有什么东西在黑夜中萌芽。他演奏到了零点以后，实际上已经是第二天凌晨；从"今天"衍生出"明天"的事实从不会被完全忽略。除了这一次。出乎他意料的是，这一次他完全没有机会。看不见的嘲讽混杂在听不到的窃笑中。演奏会结束了。酒吧老板取消了下一个夜晚的演出，他也没有预付过钱。当然，塞西尔完全不会和他争论音乐上的事，因为那肯定是对牛弹琴。他只是默默回到了自己的住处。

两个月之后，他再次暂时放下了本就心不在焉的工作（当时他已经从洗杯子转行去了干洗店）。这次是一个口头的约定，让他在周中的一个晚上去酒吧表演一回。这家酒吧和上次那家差不多，可能还更差一些。光顾的客人也都没有什么区别，其中一些人甚至也许还听过他的上一次演出。不过，这只是由他自己重复的演出内容所导致的错觉。他的音乐在十几个醉鬼之间回荡，可能也飘入了一两位穿着光鲜绸缎的女士漂亮的黑色耳朵里。没有人鼓掌，只传来几声傻笑（可以肯定的是，这笑声是针对其他的东西）。酒吧老板甚至连声招呼都没和他打。他为什么要打招呼呢？总有一些时候，音乐就是得不到回应的。塞西尔下意识地表示他之后有机会还会来弹奏，想象着下一次他周围有人听到并知道音乐的场景：钢琴家即兴弹出每一个音符，缓缓地连成一段旋律，产生了构成"环境"的原因。不过他没有再回来，因为他知道根本不值得这么做。他觉得自己没有什么想象力，甚至都无法想象出周围确实的存在。时间又过去了一周，这次的失败演奏和上一次混杂在一起，产生了某种陌生感。这只是上一次的重复吗？没有理由相信事情就是那么简单，不过有时候，简单和复杂会结伴而来。

　　秋日的一个下午的回家路上，当他在脑海中哼唱着一些只要给他一台钢琴（他在一家音乐学校的课余时间里花钱使用一架斯坦威立式钢琴）他马上就能将其变成一段旋律的东西时，他撞见了以前在新英格兰音乐学院①的同学。当塞西尔看见并认出对方时，头脑中的音乐瞬间安静下来。他是挪威人后裔，大鼻子，小耳朵，走在街上和那些豪车比起来（甚至和塞西尔本人相比）堪称视觉污染。他们有八年没见面了，于是就开始聊了起来。他们两人都没有放弃站在音乐最前沿的使命：那个挪威人通过给孩子上课维持生计，他为交响乐团谱的曲子还没有等到上演的机会。他还在演奏大提琴，与斯特拉文斯基②交谈过。塞西尔边听边点着头，虽然他曾私下里嘲笑过斯特拉文斯基。当挪威人总结自己的话时塞西尔开始稍稍集中起注意力。他说革新派音乐家的道路总是坎坷的，因为不像传统音乐只需

---

　　①新英格兰音乐学院（New England Conservatory）位于美国波士顿，是美国最古老也是最具有声望的音乐学院。塞西尔·泰勒曾在该校学习作曲和编曲。

　　②伊戈尔·斯特拉文斯基（Igor Stravinsky，1882—1971），是出生于俄国的钢琴家、作曲家及指挥家，被视为二十世纪最具影响力的音乐家之一。

要取悦现有的听众，他们必须自己创造出现在还不存在的听众群体，就像是从血液中提取一个红细胞，再用爱和耐心细心培养，然后接着培养下一个细胞，直到将它们打造成一颗心脏，随后是其他器官、骨骼、肌肉、皮肤和毛发，最后用铁砧和小锤子制造出精巧的耳蜗……这样就诞生了第一位听他们音乐的人，作为他们的听众群体的起点。如果想在音乐史上留下自己的名字，就必须再重复成百上千次，而且每一次都必须万分小心，只要一个细胞出了错，他们构造的一切就会像多米诺骨牌一样全部垮塌……这个比喻像是给昏昏欲睡的塞西尔来了一针兴奋剂（夸张地说），于是他便含糊地回应了一句。他戴着羊绒帽，低声细语的神神叨叨的形象给了对方深刻的印象。许多年之后，只要他还不算一个一事无成的人，他的自传里一定就会提到这件事。

　　一年前，塞西尔已经在约翰尼·霍奇斯①的乐队演奏过五个晚上。他当时帮助后者从事编曲的工作，作为回报，这位著名的爵士音乐人在拿到某家酒店为期一周的演出合同时，特意在自己的乐队里增加了一个钢琴的席位（原本他的乐队里没有钢琴）。但是前四天他连一个琴键都没有动

---

①约翰尼·霍奇斯（Johnny Hodges，1906—1970），美国著名萨克斯风演奏家。

过。唯一注意到他的沉默的是乐队里的长号手劳伦斯·布朗。他在第五天的演出之前笑着对塞西尔说："嗨，塞西尔，我不知道你有没有注意到你面前的钢琴足足有八十八个琴键，你为什么不弹上一个呢？"

面对之前的机会他还畏首畏尾（以至于需要和他解释两次），但接下来他真正地抓住了天赐良机。那是一个凌晨，在"五点咖啡"①的一张桌子上，作为一支先锋乐队的补充他获得了在那里弹奏一晚的机会。他辞去了干洗店的工作，贷款买了一架钢琴，并立即投入了练习之中，直到不得不停下来礼貌地回应对此叫苦不迭的邻居们。当时他已经从东城的贫民窟搬到了布利克街一幢狭小的房子里。

"五点咖啡"里聚集着爵士乐的精英，因此他终于有了懂行的听众。他相信自己的钢琴所迸发的能量可以震撼这些人，获得之前从未获得过的掌声。他的老同学提出的理论仅仅只是一个抽象的理论。事实上听众拥有着某种魔力，像是从油灯里冒出的灯神一样。

决定性的夜晚到来了。他走上了摆放着钢琴的舞台，开始了弹奏。就在这时扩音器突然发生了故障，但这丝毫没有对他造成影响。在他弹奏完之前，底下暗示性的掌声

①五点咖啡（Five Spot Café）是二十世纪中叶位于纽约的一家著名爵士俱乐部。

使他不得不停下。他惴惴不安地看着远处脸上挂着机械的笑容的先锋派音乐家们，手里拿着各自的乐器向他走来。他坐到了一张桌边，同桌有一些他认识的人在谈论着其他事情。其中一个人悄悄拉了他一下，向他靠了过去并缓缓地摇了摇头。另一个人大笑着说了一句可能和他有关的评论："不管怎么样，总算是演完了。"这些就是全部了。他们随后就安静下来聆听下一首曲子。

有个人朝他走来对他说："我只是个微不足道的自学音乐的黑人，但我也有权利评论。我觉得您弹奏的不能叫作音乐。"塞西尔只是点了点头耸了耸肩，像是在说："那你又能怎么样呢？"但是那位自称自学者的黑人依然不依不饶："您不问我评论的根据吗？您是出于艺术家的高高在上的虚荣心，所以才不屑于了解其他人的想法吗？""抱歉，我没有问你是因为我不知道你有根据。如果有的话，我很愿意了解一下。"那个人露出了胜利者的微笑，向他解释说："很简单，音乐是一个由同样能称之为音乐的部分组合而成的整体。如果其中有一部分不是音乐，那么整体同样也不是。"

这个观点不算是无懈可击，不过现在并不是计较这个的时候，因为还有一个更基本的问题。在之后的几天塞西尔都无心于本职工作，不断地回忆这次演出。他一点一点回想发生的事，试图找到一个合理的解释。可能直到他忘记这件事之后才能找到他想要的东西，不过当时他无法停止回忆。他在脑海中重新构建了当时的场景，他指尖弹奏出的每个音符，他说过的话和其他人的反应……但一种半信半疑的感觉不可避免地伴随着重构的过程。

他像捣蛋被抓现行的孩子一样承认他希望得到在场的音乐家们的反馈。他的演奏可能听上去会很奇怪。像玩打击乐一样弹钢琴，以时间展现空间，建造声音的雕塑……（有许许多多的方法来表述一个超乎寻常的现象）外行人听上去大概会觉得云里雾里。但是来"五点咖啡"追逐潮流的专业音乐人熟知勋伯格①和瓦雷兹②，而且他们自己也一直在使用这些方法！唯一的解释是，套用之前那个和他搭话的疯子（可能也算不上疯）的理论，"音乐家也是音乐的一部分"，所以他们无法跳脱出来，以旁观者的身份发表具体的评论。

另一方面，他并不确定他认为在场的那些音乐家的确在那里，因为他的视力很差，而且戴着深色眼镜，在当时

①阿诺德·勋伯格（Arnold Schönberg，1874—1951），奥地利作曲家、音乐理论家，他提出的"十二音列理论"对二十世纪无调性音乐的发展起到了关键作用。

②埃德加·瓦雷兹（Edgard Varèse，1883—1965），法国出生的著名先锋派作曲家，一生大部分时间在美国从事创作，被尊称为"电子音乐之父"。

昏暗的灯光下几乎看不到任何东西。他像往常一样保证他之后还会回来，以更加客观的角度分析这次演奏。当然他也总是会放鸽子，这一次他就花了几个星期干了些其他的事。在这期间他换了两份工作，从超市保安到银行保洁，而且生物钟和生活习惯也随之改变。终于他又回到了"五点咖啡"，去那里听一位令他狂热地痴迷的女歌手演唱。不过令他吃惊的是，在那里等待他的是又一份工作。

当时，一位住在第五大道的富婆正为筹备一场波希米亚风的晚宴而招募钢琴家。她来到了"五点咖啡"，因为这个名字本身就是对演奏水准的保证。塞西尔不知道他们是不是刻意向雇主推荐了他，不过他清楚的是她掏了一百美元，预付。他准备了一些即兴演唱的歌词（他把自己的想法都记录在一本小册子上，用一些只有他自己看得懂的圆点）。他在公园里走到了太阳落山，精神上一直在"对我来说重要的是什么"和一种超脱的乐观之间摇摆。松鼠在大树之间跳跃着，就像是地心引力对它们没有起什么作用一样。转眼间天空就被染成了深绿色，微风完全停了下来，在一片寂静中只听得到划过城市上空的飞机的噪音。他穿过了街道，向门房表明了身份。

他穿过仆人的房间进入了阁楼，在那里和佣人们一起喝了近一个小时咖啡。终于有一位黑人仆人进来通知他出场，并领着他走进大厅，走到一架打开的三角钢琴边上。他几乎没有抬眼看那些来宾。他们正在边喝边聊，任何音乐对他们都只是马耳东风。他低头看着琴键，并瞥了一眼金子般闪闪发光的琴弦。这确实是一架顶级的钢琴，而且好像没有人弹过。

他按下了一个琴键。一个低沉的降B音回响着，缓缓地在大厅里传播……然后就没有了下一个音符，因为女主人在他身边像是排练过一样迅速合上了钢琴的盖子。

"今天的演出就到这里吧。"她说道，然后她环顾了一下四周。周围有一些掌声与笑声，不过仅仅来自于离他们比较近的客人。整个大厅非常大。

几个小时之后，当他把这件事告诉自己的情人时他仍然大惑不解。一个音符怎么可能产生那么大的效果。所以也许他弹奏了不止一个音符？说实话他自己也不记得。他可能发誓过他只弹了一个，但其实在那个音符的梦境中他已经弹了一组或几组他著名的"音群"或者音阶，或是用自己的双手触摸到了钢琴的心脏。

无论如何，他应该预料得到面对一群对音乐一无所知的人时可能发生的事。但是他也应该想过完全相反的状况。他的音乐，即使无法穿过他们无知的外壳，但也可能像凡士林一样流过这层外壳，并从表面渗透进去。

　　时间不断地流逝，但却没有带来任何改变。那个冬天他还有过不少不错的工作机会。一家名声不太好的酒吧雇用了他一个星期来给他们的下半夜（凌晨两点）添加一些不同的元素。这家酒吧的坏名声来自于背地里供应的毒品。酒吧老板是个爱尔兰人，同时也掌管着毒品交易。他亲自去找了塞西尔并向他解释他所需要的东西：真正的、开创性的、本身具有吸引力的音乐，而不是纯粹的背景音乐。塞西尔问他是否听过，或是听说过自己的演奏。那个爱尔兰人并没有详细说明，只是点了点头并给他二十美元一晚的报酬。

　　这家酒吧简直破到了极点。客人们大都是一些黑人瘾君子，但也有不少年长的女人一脸颓废地待在角落里。两台破旧的钢琴就像是保安一样杵在那里。没有人认真听着班卓琴三重奏演奏出来的混乱的和弦。但是矛盾的是，这里的环境却不错，空气中散播着某种激情，简直就像自带音乐一样。

　　他坐到其中一架钢琴面前。他不知道是两架里的哪一架，也没有时间关心这个，因为就当他才弹了几个和弦或是零散的音符时，酒吧老板就拍了拍他的肩膀，露出了担心的表情，示意他结束表演。塞西尔从键盘上抬起了双手。这时他肩膀上向下施压的手又产生了一股向上的力量，迫使他站了起来。一位年长的黑人女性已经出现在了他的另一侧，像是之前一直在等待一个暗号一样，坐到了钢琴家的位置开始弹奏《身体与灵魂》。

那个爱尔兰老板把他带到酒吧门口向他告别，但脸上仍然阴云密布。一脸惊愕的塞西尔不知道他的音乐里的什么东西能使得这位每天都和毒品，也就是那些危险的上家和买家打交道的人如此不安。老板拿出一张十美元的纸币，但当塞西尔想要伸手接过的时候，他又把手缩了回去，问道："你不是在寻我们开心，对吧？"

他的一对斗鸡眼里闪现出了威胁性的光芒。塞西尔怀疑那里是不是真的有两架钢琴。天天身处危险让眼前这个人已经融入其中，现在他本人就是危险。他大概90公斤重，比塞西尔重了大约50公斤。不等他接着质问下去，塞西尔就赶紧逃走了。

塞西尔像精灵一般，即使穷也不失优雅。他身上总是穿着天鹅绒和白色皮革，脚上是和他矮小身材相呼应的尖头皮鞋，还长着一身肌肉。他并不健身，但是他演奏钢琴的风格调动起了身上每一个器官里的每一个分子。出汗成了他的第二天性。在他的旧钢琴边弹上一个下午就能使他减重5公斤。当他穿着宽松的裤子、洁白的衬衫和针织背心坐下时，整个人轻盈飘逸得如同一个小摆件。频繁搬家保护了他；就像小精灵居住的小屋，在一张潮湿的蜘蛛网的影子地下是他用菊花做成的床。

那一晚，他在曼哈顿岛南部的街道里，一边闲逛一边思考着某些奇怪的事。那个贩卖海洛因的爱尔兰人的态度和之前的富婆没有什么区别，只不过后者没有表现出不安的神情，但也有可能只是她刻意掩盖了。除此之外，这两个人再也没有任何相似的地方。难道说打断他的演奏是人类的一个共同点吗？另外，当他在回忆中重构之前所有失败的演出时，那个爱尔兰人最后对他说的话让他有了新的发现。人们总是怀疑他的演出是不是一个玩笑。当然包括那个富婆在内的一些人没有直接这么问他，但是可以推定这个疑问是确实存在的。塞西尔问自己为什么这个问题会针对他而不是其他人。比如他就从来不会问那个富婆或者那个爱尔兰人他们所做的事（不管是什么）是认真的还是开玩笑。是他的工作中的某些固有的东西引发了这个问题。

有一个关于一位来自范德比尔特家族的富婆的趣闻，频频出现在当时的心理学书籍上。有一次她想举办一场晚会，并聘请小提琴手来现场演奏。她问别人："谁是当今世界上最好的小提琴家？"别人告诉他是弗里茨·克莱斯

勒①。于是她马上打了一通电话过去。电话那头说他从不
参加私人音乐会，因为他的出场费实在太高。富婆表示：
"钱不是问题，你要多少？""一万美元。""没问题，今晚就
等候您大驾光临。不过克莱斯勒先生，有一点需要您注意：
您将在厨房和佣人们共进晚餐，而且您也不能和宾客交
流。""那这样的话出场费就是另一回事了。""没问题。多
少钱？""两千。"小提琴家如此回答。

行为主义心理学家们都非常喜欢这个故事，可以说一
生都热爱着它。他们相互之间不停地讲述这件事，并把它
写进自己的专著和论文里……但是关于他——塞西尔的趣
闻，会有什么人会讲吗？凭借被重复讲述的次数，故事之
间也能分出高下，不是吗？

那年夏天，他和一大批音乐人都收到了纽波特音乐节
的邀请。主办方将会安排几个下午，给这些刚崭露头角的
音乐人展示的机会。塞西尔觉得，在这个海风吹拂的节日
环境中演奏完全创新的音乐将会是一个挑战。不过他至少
可以摆脱酒吧的嘈杂和烟雾缭绕：这里的听众都是花钱买
票进来听音乐（或者评价音乐）的。然而，即便他用他惯
有的认真态度做好了准备，当登台的那一天终于来临，他

①弗里茨·克莱斯勒（Fritz Kreisler，1875—1962），美籍奥地利小提琴家、作曲家，被视为二十世纪最著名的小提琴家之一。

的演奏依然是彻头彻尾的失败。这一次倒是没人打断他，但被打断的是听众那一边：听众们纷纷中途离场，其中包括了一些无论何时都不会放下手中的笔的评论家。但是，针对塞西尔本人的评论却一条都没有，他们只是将其作为攻击主办方的依据：主办方如此失察以至于请来了一个根本不会演奏爵士乐，甚至是演奏任何一种音乐的人。最接近于"评论"的东西来自于 *Down Beat*（《爵士乐》）杂志。他们并没有直接提到塞西尔的名字，而是用戏谑的口吻描述了"说谎者悖论"①的一个变体：如果有个人一边拿拳头往钢琴上砸一边说："我正在演奏音乐……"。当塞西尔看到这篇评论时，他觉得音乐出于非语言的性质并不会产生悖论，但事实上发生在他身上的确实是一个悖论。这又如何解释呢？

他没能找到答案。当时没有，以后也没有。之后的几个月里他继续在五六家酒吧演奏，而且每次总会换一个地方，因为演出的结果总是老样子。他还收到了两份邀请，揭开了他原来的伤疤。第一份邀请来自于一所大学，第二

---

① "说谎者悖论"指古典二值逻辑学中的一个著名悖论。举例来说，假设某人声称"我正在说谎"。如果他确实在说谎，那么他所说的就是真的；但如果他所说的是真的，那么他的确是在说谎。

份来自于库伯联盟学院①里的一批先锋派艺术家。对前者塞西尔曾抱有期待，但是结果空欢喜一场（他开始弹奏没几分钟，礼堂就已经空空如也；邀请他的老师不得不绞尽脑汁圆过去，并且从此以后就恨上了他）。不过，他至少明白一件事（虽然这件事也很扫兴但他已经无所谓了）：一群经过精挑细选的听众和一群随随便便的听众没有任何差别。他们完全一样，只是一群人看着一个方向，而另一群人看着相反的方向而已。观众席的座椅上演绎着《皇帝的新装》这个陈腐的故事。对于某些人来说，让他们感到羞耻的是裸露，而对于另一些人则是衣服。

他在库伯联盟学院的经历还要更糟糕一些。他们找了停电这个借口让他只演奏到预定的一半就不得不伴随着嘘声停止。之后他从间接的渠道了解到，对于他的评论在"是否是音乐"和"他是否在开玩笑"之间摇摆。

塞西尔辞掉了又一个临时工作，用攒下的钱在学习和创作中度过了冬季的几个月。开春之后，布鲁克林区的一家酒吧提供了一份几天的合同，不过后来他们当面嘲笑了他，并让他卷铺盖走人。当他坐在回家的火车上时，行驶的列车和一闪而过的静止车站使他陷入了沉思。他突然领

---

①全名为"库伯高等科学艺术联盟学院"，是一座位于美国纽约曼哈顿地区的著名私立大学。

悟了他经历的一切其实都有着清晰的逻辑，为什么之前就没有发现呢？那些关于钢琴家和小提琴家的故事里，总会有一位音乐家在一开始并不被人们所认同，但最后还是为世人所接受。不过故事里有一个错误，即从失败到成功的路就像从A点到B点一样用直线连接。然而事实上，失败是无穷无尽的，因为它无限可分，而成功则不是。

我们假设，凌晨三点在空无一人的车厢里的塞西尔想要为人所知，他的听众对音乐的敏感度和知识的系数必须超过一个阈值x。我们又假设当他开始演奏时，面前的听众的音乐系数为x/100。随后他必须寻找音乐系数为x/50的听众，然后是音乐系数为x/25的，不断这么进行下去。无须重提芝诺悖论[①]，一切已经很明显了。

六个月之后，他和一家酒吧签署了一份演奏合同。那里经常会有法国游客，他们是来这个爵士乐之城寻找强烈感官刺激的存在主义者。他按照合同规定半夜到达了酒店，直奔钢琴而去。在琴凳上坐定之后，他向琴键伸出双手，弹奏了一系列和弦……下面传来低声窃笑。酒店领班面带

[①] "芝诺悖论"是由古希腊哲学家芝诺提出的关于运动的不可分性的悖论。在亚里士多德的《物理学》中如此表述芝诺悖论："动得最慢的物体不会被动得最快的物体追上。由于追赶者首先应该达到被追者出发之点，此时被追者已经往前走了一段距离。因此被追者总是在追赶者前面。"

笑容地招呼他下来。他们已经确定这是一个玩笑了吗？不
是。他们肯定对他的演奏相当反感。一位上了年纪的钢琴
家很快走了上去，以化解这尴尬的场面。没人和塞西尔说
一句话，不过他还是希望他们至少付给他约定的报酬的一
部分（一般都会付的）。他留在那里看着，听着那位钢琴家
演奏。他听得出艾灵顿公爵①和巴德·鲍威尔②等人的影
响。他弹得还算不错。塞西尔认为一位传统钢琴家总是演
奏已成体系的音乐，而把一些特立独行的东西放到一边，
等待着合适的时机。最后他们确实付了他二十美元，前提
是他永远别再出现在那个地方。

---

①艾灵顿公爵（Duke Ellington, 1899—1974），美国爵士钢琴家、作曲家及爵
士乐团领班。

②巴德·鲍威尔（Bud Powell, 1924—1966），美国爵士钢琴家。

Pobreza

贫 困

　　她义愤填膺地站起身朝大门走去。这是真的！她要走了！再跨一步她就要走出门了。我胸口充满了痛苦，像心肌梗死一样疼痛难忍。

贫困

我从很久以前就比穷人们还穷。"永恒"的穷困潦倒表现在我愤愤不平的幻想中，它不仅限于计算贫困状态的持续时间，也包括这场灾难的严重程度。如果我有办法的话，我能拥有多少东西！多少财物，多少经历，多少惬意的生活！我列举着这些东西，给它们排序，试着估算出它们能为我带来多少欢乐。如此强迫症般的行动让我心力交瘁，自以为以此便值得拥有这一切。然而现实让我越来越远离用钱可以买到的东西，即使我越来越清楚这些东西的好处。在现实中我都不需要幻想，只要看看四周围就够了。我身边的人全都一年比一年有钱，我不知道怎么保留我的穷朋友，而且老实说，我也不想这么做，因为我和他们有着天壤之别：我的品味，我的习惯，我的兴趣等等都和他们合不来。我讨厌足球。能和我有共同语言的都是些上档次的、手头有余钱的人，然而他们显然都不会有把钱分给我一点的想法。他们为什么要分我钱呢？他们想当然地认为，我是一个伟大的作家，一块文学史上的活化石。而事实上我就是个穷光蛋。在我眼里，他们身上包围着一圈让我越来越无法接近的光环，因此我的怨恨与日俱增。我感到痛苦，感到沮丧，而且出于可理解的自我防卫和自欺欺人，我变得孤僻起来。我开始对我的有洞的鞋子，对我永远不变的空荡的衣柜，对我邋遢的形象，以及缺乏个人卫生的生活条件感到羞耻。我把自己关在公寓里，这里永远不会有访客，家具摇摇欲坠，墙上全是斑斑点点，就连吃个廉价的面条也要精打细算。透过窗户我能看到里瓦达维亚街区①（一个贫民窟）的邻居们，发现他们都没有我那么穷，因为他们总是会多余一些东西，而我却什么都缺。我总能看到他们吃饱喝足，看到他们醉醺醺的样子，看到他们星期天出来晒太阳，甚至连拉着推车出来翻垃圾桶的都比我富有，因为他们至少找到了些什么东西。然而我自己就算精疲力竭地干这些卑贱的活，甚至干出中产阶级最丢人的乞讨，也难以维持我的孩子们的生活。他们不得不付出惊人的努力，去克服和小伙伴们之间的比较，而且他们完全有理由

①里瓦达维亚街区（Barrio Rivadavia）位于布宜诺斯艾利斯市的弗洛雷斯区，居民由低收入群体构成。

把我看作一个失败者。我有多久没有买过书或唱片，或者去过电影院了？我的奇迹般还能运行的电脑已经完全落伍了，但我连更换它的梦想都不可能有。我周围的人都在买东西，花钱，更新换代，改变，进步。不管有没有经济危机，盛行在我的祖国的周期性的消费主义，影响着所有人，除了我以外。如果钱包里空无一物，我用什么去买哪怕一支铅笔呢？当然我更没有信用卡。我不得不当一个逃税者，因为我都没有交税的渠道。当所有我认识的人都因为厌倦了积攒新的事物和致富的感觉，而跑到热带海滩去度假，或者去其他美丽的城市进行文化之旅的时候，我在我的破公寓里反复咀嚼着怨恨。只有发生一个奇迹才有可能让我获得一些富余的东西，用以点亮我暗无天日的生活，但是我为了获得维持生存的必需品已经用掉了一次奇迹，而且人总不能指望奇迹两次降临。

　　为什么事情总得是这样？如果说归根结底，宇宙的基本定律是万物平等，那么为什么不能换一种活法呢？我为什么要成为"贫困"这位苛刻而烦人的女神（或者说女巫）的迫害对象呢？为什么是我？从我小时候在普林格莱斯①时起你就盯上了我，鬼知道为什么。大概是被我清澈的双

_____

①普林格莱斯上校市（Coronel Pringles）位于布宜诺斯艾利斯省南部，塞萨尔·艾拉本人出生于此。

眼吸引了（所以你让我成了近视眼），除了经济之外还在身体上给我降下磨难，让我不仅成为一个弃儿，还变得神经脆弱。从此你和我开始亲密接触，我充满各种短缺的小房子也成了你的家。从父母无休止的关于金钱的争吵中我开始认识你，也学会了语言和生活方式。当我离开家的时候，你时刻伴我左右，一只手牵着我的手，另一只手指着同学的彩色铅笔盒，指着纸张轻薄的复写本，指着他们吃的冰激凌，指着他们买的墨西哥杂志……他们的钱从哪里来？为什么我没有？你从来没告诉过我。

更不寻常的一点是，当我离开家乡的时候你也跟着我一起走，就像是没了我你活不下去似的。我母亲都接受了分家，但你却不接受。你黏着我到了布宜诺斯艾利斯，在我屋子的一角安家，无论我如何努力，都无法摆脱你固执的伴随。如果我想去上班，你就跟着我上公交车；如果我失业了，你就待在家里看着我读一卷卷悲伤的故事。当我结婚的时候，你是我唯一能给妻子的礼物。你也是我的孩子们床前唯一的仙女。你是一棵可怕的圣诞树，你是我精神上的轮盘赌，你也是我内心积攒的一切的倾听者。我在床上翻来覆去彻夜难眠，绞尽脑汁寻找着一切逃离的方法。你总是给我最大的行动自由，然而在最后一刻，却总是选择和我上同一条船。就像那些令人痴迷的漫画一样，我可以穿越大洲和大洋，并至少有那么一瞬间，我认为自己已经摆脱了你的纠缠……直到看到你还在我的房间里，正忙于一些细枝末节的事。这是自然而然的。最后我都不愿意挪动一步。而引申意义上的"逃离"，比如改变职业、解决困难、自我催眠之类，可以预见它们更加难以发挥作用：当字面意义都不管用的时候，引申意义比没用更不如。

够了！已经受够了。四十六年的禁锢生活，即使是杀人犯也不会被关那么久，而且我从没违法犯罪；恰恰相反，我满怀善意、人畜无害，有时候我都觉得自己是个圣人。你就不能让我清静会儿吗？难道我就不值得拥有哪怕是暂时的清静吗？虽然我知道错其实在我，但我还是觉得不公平。我想一个人待着，释放我的力量，如果我身上还剩下那么一些的话。我想和其他人一样受概率论的支配，让幸运之神有可能垂青于我，虽然这可能性微乎其微。我受够了你残酷的存在，你的顺势疗法让我病入膏肓。贫困，我想让你灰飞烟灭……如果你有那么一丁点可能性能听我说的话，我会以自杀来威胁你，虽然那也不会产生任何作用……

在我内心独白的时候，我眼前出现了贫困的形象：骨瘦如柴、僵硬死板、衣衫褴褛，以带着她自己定义的"庄严"。我的话应该是产生了一些作用，因为她假装顺从的面目已经被真正的愤怒所取代。她的双眼中燃烧着怒火，紧紧握住拳头，嘴唇大力颤抖着。

"白痴！傻瓜！笨蛋！我保持沉默了那么多年，你抱怨我忍了，你不成熟地哭哭啼啼我忍了，你适应不良我忍了，对我从你出生起就倾倒在你身上的天赋你毫不感激我也忍了，但我现在再也忍不下去了！现在你必须听我说，虽然我不觉得对你能有什么用，因为有些人就是从来都不虚心学习。

"谁跟你说我陪伴在你左右是对你不利的？你相信它只不过是因为人云亦云，这就是你为什么幼稚到无可救药的地步。我对你所做的就是为了让你摆脱这个缺陷，但现在看来全都浪费了。你现在给我看好，我到底给你了多少好处！我都不知道从何说起，因为我其实给了你一切。而且除此之外，你安排这一切的框架都是我给的。我给了你你从来无法靠自己集中起来的注意力。没有我，你几乎都迈不出第一步，连思想以及产生思想的脑子都不会有。是我给了你五彩斑斓的世界，没有我的介入，你每天都会过得千篇一律。我给你了快乐，让你总是能够期待更好的东西：我对你很了解，如果你已经有什么东西的话，除非你把它丢了，你还能期待什么呢？就像这样，你的期待总是建立在变得更好之上。像你这么腼腆胆小的，不管你有什么东西，你都会生活在恐惧之中，害怕那些总是比你聪明的小偷和骗子。我给了你活下去的唯一动力。如果我不在你身边，从你肩膀上窥探你笔记本上写的东西，你能写出什么来？你为什么要写呢？即使你写了，也会写得比现在更差，差很多很多！难道这也要我跟你解释明白？

"即使这样愚钝，你也应该意识到了，富有是多种多样的，原因如下：富人用钱来交换物品的制作。比如他们不会买木头来做一张桌子，而是直接买一张做好的。这也是循序渐进的：如果不那么有钱，就会买一张桌子自己上漆；如果更有钱，那就买一张上好漆的。如果是穷得一无所有，那就连木头都不会买，而是自己跑到树林里去砍树。这过程中的"量"就是由贫困（也就是我自己）所控制的。有钱人能买到一切成品，包括了资产和服务。这意味着他失去了现实，因为现实是一个过程。更糟糕的是，一切都是成品，买来即用的观念深入了他的本性，于是他在精神领域也开始运用这条观念。因此，有钱人只会用现成的思想，别人的观点，别人的喜好。整个过程都交由其他人掌控，甚至连感情都一样，这让他们比讽刺漫画里描绘的形象还要刻板和肤浅许多。你想变成那样吗？你知道你在说什么吗？没有我的话，你的书里就会缺少唯一的那个闪光点：现实主义。你反倒厚颜无耻地来指责我？

"去你的！你早上起来脑子里浮现的第一件事就是骂我；你晚上睡觉前脑子里的最后一件事还是骂我。在一天中间你就只会抱怨，抗议还有发牢骚。我知道随着科技和消费水平的发展，这个世界越来越朝着有钱人的方向前进，随着时间推移这将会变成常态。这就是你为什么觉得自己被边缘化，赶不上时代潮流，觉得我是一个累赘，让你紧抱着一门过时的手艺。这大概是你所作所为的正当理由；不过你的原创性都来源于这里，像你这样无法适应社会的人，失去了原创性你就什么也不是。

"不管怎么样，我不会再给你找借口了。我受够了当你的灾星，受够了你的责骂，受够了你的缺乏教养。我再也忍不下去了。我现在就走！如果你真想这样的话，我就成全你：你再也看不到我了。我要去阿尔图罗·卡雷拉①那里，那里我肯定能得到应有的对待。"

说完，她就义愤填膺地站起身朝大门走去。这是真的！她要走了！再跨一步她就要走出门了。我胸口充满了痛苦，像心肌梗死一样疼痛难忍。别人的话总是能说服我，尤其是她刚才说的，因为在某种程度上它已经在我内心和脑海

---

①阿尔图罗·卡雷拉（Arturo Carrera，1948— ）是一位阿根廷作家、诗人。他从小在普林格莱斯上校市生活，并结识了塞萨尔·艾拉，两人曾共同创办了文学杂志《天空》（El cielo）。

中生根发芽（像是寓言故事里的人物一样）。我从扶手椅上
跳了起来，喊道：

"不！贫困，你不要走！我求求你，就当我什么也没有
说过。不仅是现在，以后也会是这样，因为我很清楚我自
己，知道我没办法停止抱怨。但是我不想让你真的离开我。
不管怎么样，我已经习惯了你的存在，你要走甚至就像是
我老婆要离我而去一样。我无法承受那样的耻辱。我来到
这个世界上不是为了当一个弃儿。留下来和我在一起吧，
我会安排好一切。我说的你别往心里去。我知道我缺乏教
养，也不值得拥有你，但是我求你，求你别走。"

她一动不动，手放在门闩上，停顿了让我难以忍受的
一瞬间，然后慢慢地转过身来。她的脸上浮现出认真的微
笑，我知道她原谅了我。她庄重地一步一步向我走来，就
像走向圣坛的新娘。

从此以后，贫困就一直和我住在一起，没有一天离开
过我的家。

1995年11月29日于罗萨里奥

第六篇

El Criminal y el Dibujante

罪犯与漫画家

　　每一张漫画中的每一桩罪行，每一次逃窜，每一道深渊都变成了现实。甚至连漫画主人公的特征都印在了我的身上，现在人人都知道那就是我……

罪犯与漫画家

一名罪犯一只手持刀架在了一位漫画家的脖子上，另一只手拿起一本翻开的漫画杂志，充满威胁地挥舞着。他用和手上的动作，或者说和整个场景一样充满攻击性的声音，辱骂着受害者，但那声音里也混杂着痛苦和酸涩。

"你这个告密的混蛋，你把我的事都说了出去……你这个小人，你这个混蛋，你这个无耻之徒！你什么细枝末节都说了，好让警察来把我抓住，好让法官来判我坐牢！"

他气得浑身发抖（但刀子还是拿得很稳，也握得很紧的，刀刃贴在受害者的颈动脉上），在吓得脸色惨白的漫画家面前晃动着纸质低劣的杂志。

"你连我都画了下来！他妈的，鼻子啦，小胡子啦，表情啦，还都画得那么像……还有衣服！黑色的马甲，腰带上的带扣，条纹的长袜……你倒画得一点不漏。不过现在是你付出代价的时候啦……"

漫画家面对着这一场景，也即是自己的生命即将迎来的落幕，在绝望中拿出了最后的力量，用微弱的声音试图进行反驳（事实上他有着完美的论点）。

"我从来没有揭发过你什么。一切信息都不过是我从报纸上看到的，包括你说的那些细枝末节都一样！而且报纸上也登了你的照片，都登了有好几百张，所以我就照原样画了下来，否则我怎么可能画得出来？我这可是第一次见到你本人！你的那些信息早就都公开了。"

"别骗人！"

"我发誓！你自己可以去确认一下啊。你肯定自己心里清楚，就是不想承认。你每天都能登上报纸，因为大家都对你的罪行有着病态的好奇心，而这就是我的所有的素材：我没画任何非公开的东西。我又没有线人，也根本不认识你……我跟下层社会一点接触都没有，我就活在我的画板前，活在幻想的世界里……"

"别骗我，这不是什么幻想。你的漫画里所有的东西都跟现实发生的一样。"

漫画家镇定了一些，声音里少了些颤抖；他从自己无可辩驳的论证中鼓起了勇气。

"那是因为我从报纸上看到了！一切都写在上面，你随便去问一个人好了。在牢房里你没读报纸，当然不知道报纸上花了多少篇幅来讲你的故事，搜集了多少关于你的信息，弄来了多少张你的照片，把你干的每一件事情重现得多么详细……我只不过是从报纸上找来素材而已，那里所有故事都有了，我就拿来写个脚本……算了，我不想解释技术问题，不过……"

"别说谎。"

沙哑的声音一遍遍重复着。还能跟他说什么呢？在这些论辩都失败之后，漫画家的脸上又浮现出了苍白无力的脸色，以及急于求生的挣扎。他太过相信自己的言辞，相信自己讲的道理。他忘了他在一个危险的罪犯——一个人类无法感化的发狂的野兽——手上。从前是这样，以后也会是这样。

然而，当这个罪犯说话的时候，他突然（这一切都发生在恐怖的一瞬间）也变得语气坚定起来。

"看看日期。"

这句话为这场对话加入了一个新元素，而且由于报纸都印有日期的原因，它从根本上削弱了基于报纸的论点。在这极为紧张的时刻，漫画家的脑海中赶忙重新组织起复杂的思路。他曾以为报纸上的证据已经足以解决问题，完全不需要再讨论了，而"日期"的登场让他不得不详细审视他提出的证据。另一方面，这也给了他动力；当"日期"这个论据被主动提出时，他的对手就不再是杀人不眨眼的机器。这场对决上升到了语言（及数字）的层面，比起动作层面，在这里漫画家更容易站稳脚跟。

但是，当罪犯强迫他看杂志的日期时，他刚才的轻松一下子就烟消云散了。映入他被紧张的汗水沾湿的瞳孔中的是一个久远的日期，手写在了封面的上角。这种流行杂志几乎从来都没有日期，所以像他这样的收藏家不得不用间接的方法，历经千辛万苦去查证它的出版日期。这些方法包括了计算，比较漫画风格和剧本主题，以及在这些与时间无关的冒险故事中突然闪现出的对现实的影射。他们投身于儿戏般的研究，没有奖励也赚不到声望，然而这却使他们更加乐在其中。

这本漫画杂志的出版日期已经是四十年前了，当时他们两人还都是孩子（罪犯和漫画家两个人差不多同龄）。这解释了为什么这本杂志纸张已经发黄，以及它工整的排版、过时的设计和坑洼的边角。这也无可辩驳地解释了，为什么漫画家用报纸的证据引出的三段论对这个罪犯毫无作用。的确，四十年前出版的漫画故事的题材来源于最近几个月才见报的事情，这怎么可能说得通呢？

和它的年代相反，这本杂志的日期在这场交锋里实在是一个新得难以吸收的新要素。漫画家试图退后一步，不仅是想换个视角，而且是想他们之间的交流变得更文明一些，当然其实更重要的是打算争取时间，这也是这种情况下唯一重要的事情。

"我是个漫画书收藏家……"

罪犯打断了他："别骗人。"

还是这句话！不过漫画家现在已经有了支持自己主张的论据：

"我有很多本漫画杂志，从四十年以前我还是孩子的时候开始我就在收集……你不能说我在说谎，因为你也看到了那些杂志，而且这本就是你从那里拿的……我不知道你是怎么从我几千本藏书里一瞬间就把它翻出来的……虽然确实我把这些杂志按年份、出版社和标题整理得很好……"

"闭嘴！给我个解释……"

这次轮到漫画家打断他了：

"我的创作活动和我的收藏没关系。这是两条互不相干的路，虽然不可避免地相互有些影响。我大多数同事都会收集。"

"这关我什么事！你为什么骗我？这个"——罪犯猛烈地晃着这本杂志，把它弄得皱巴巴的，丝毫不关心它的收藏价值——"根本不是从报纸上看来的，你这个狗娘……"

"那本杂志……我发誓！我都不记得我有过。你看我收藏了多少，成千上万本总有吧……收藏家都是这样，永远都不会满足……肯定有很多本我根本没有看过……从这些大师之作里，我只不过在自己能力范围内学了个形式，就是从报纸和警方通报里编写情节……"

罪犯的愤怒彻底爆发，他没有随着吼叫声手腕一抖（轻轻一下就够）终结漫画家的生命就已经是个奇迹了：

"你他娘的放什么狗屁！如果警察不知道我是谁的话，那些记者更不知道！现在大家都知道了，还不都是你干的好事！"

"但我只写报纸上的那些事情……"

"报纸都是你的跟屁虫，你这个无耻的骗子！他们啥都不用干，因为你把一切都写了，还把我画得那么清楚，那么容易辨认。"

"不……我不知道……你把我弄糊涂了。照你这么说，我大概参照的是警方的绘图……"

"够了！"

罪犯讽刺的冷笑中充满了对警方画出来的拙劣图像的蔑视。虽然漫画家在这一点上和罪犯有着共同语言，不过他还是不温不火地说着他的辩护词：

"天知道呢。有时候他们也会蒙对。"

"拜托！你别让我的火气比现在还大了好吗……或者你继续胡说八道也行，然后我就会控制不住自己，一下子把你解决了，反正不管怎样我都会这么干。"

"不！"

这声尖叫从漫画家的灵魂深处迸发出来，声带的剧烈振动在喉咙口架着一把刀子的时候显得无比危险。他被强迫保持着一种极不舒服的姿势：两人站在昏暗的工作室中间，罪犯用硕大的身躯压制住漫画家的后背，右手臂弯曲着，手肘抬起以便让手中握着的刀子准确架到受害者脖子上，而左手臂从另一侧伸出去，以便挥舞那本杂志。这俩人简直像一尊雕塑一样，除了一位的颤抖和另一位略微摇晃的肢体语言，当然还有两人嘴唇上的动作。没人知道他们是怎么在这激荡的情绪（一位是复仇，一位是恐惧）中维持身体平衡的。不过这也没什么好大惊小怪的，因为虽然雕像都保持静止，但也经常直接或隐晦地表达爆发的情感，其中正包括了仇恨和恐惧。

"不！"漫画家重复道，"你是在指责我抄袭吗？我从没有……不是出于对资产阶级的道德规范或者对知识产权的墨守成规……我不是那样……"他绝望地尝试着站在法律的另一边以战胜他的对手："我投身于的是创新，创造，创作……而且，我跟你说过，漫画的世界就像是个粉丝俱乐部，人人都会收藏，人人都成了专家，一眼就能看出来……甚至需要注意到一些无意识中闪现的回忆！"

"你在说什么啊？这些东西跟我有什么关系？你把我的生活置于何地！你不明白吗？不，你不明白，如果你还停留在童年，你对生活就一无所知。"

漫画家灵魂深处又迸发出一阵结巴，他抓住这个机会又试图改变话题：

"儿……儿童……是人人人……类……之之之之父……"

"我知道，白痴！我小时候就看过这本漫画，是我出门时在拉瓦列哈和布尔内斯①那边的群租房角落的书报摊里买的。我期待了好久才买到这本，不是因为我是个跟风收藏的笨蛋，而是因为它是我唯一逃离现实的手段，逃离那个父亲坐牢、母亲得肺结核的悲惨现实。就是这本！这本！"他野蛮地摇晃着那本漫画杂志，沉浸在过去的回忆中，"我曾经很仔细地读过，我可以肯定。所以从你收藏的这几吨旧纸张里，我一眼就在几千本杂志中把它认了出来。"

漫画家应该稍微感到一丝欣慰，因为他和之前感觉完

---

①拉瓦列哈（Lavalleja）和布尔内斯（Bulnes）是布宜诺斯艾利斯市内的两条路。

全就是另一种生物的人之间终于有了这么一个共同点，一本都读过的杂志。然而他却陷入了更深的恐惧和孤立，因为他还没习惯同"不以艺术或职业需求为目的看漫画的人"打交道，即便是远距离交流也没有过。当然，他知道有的人看漫画是被内容所吸引，但他已经把他们从自己的意识中排除出去了。然而现在，他突然就落到这么一个人的手里（他的生命的确是握在那个罪犯手上），这让他恐惧万分；更糟糕的是，这种恐惧是非理性的，找不到也说不清理由。接下来发生的事更深化了这奇特的状态。这位之前还惜字如金的罪犯像是被人按下了喋喋不休的开关一样：

"我记得很清楚，每一张图片，每一行文字，甚至每一个单词我都记得。我大概在十岁或者十二岁的时候读的，然后直到今天以前就再也没见过这本漫画。我记得那么清楚是因为实际上我根本不需要去记，因为对我来说它不只是一本漫画杂志；而你们收集了成千上万本，它们对于你们来说只不过是又一本恋物癖的对象，顶多就是给你们一点'灵感'。——当他在他的话里使用了引号的时候，响起了一阵舒缓的音乐。由低音弦乐器演奏的松散的音符构成了这段旋律，虽然遥远，但音量却意外地高——对我来说它真的非常重要，不知道是因为上帝与魔鬼是如此安排，还是因为我读它的时候正值我的心理成长期，所以它给了我最深的印象。这印象是多么深刻！我自己的生活，直到今天，都是照着这本漫画进行。每一张漫画中的每一桩罪行，每一次逃窜，每一道深渊都变成了现实。甚至连漫画主人公的特征都印在了我的身上，现在人人都知道那就是我……"

漫画家说道：

"抱歉，它对于我并不是像你说的那样的'又一本'"——音乐随着他话中的引号戛然而止——"我不知道你怎么会那么说。如果你是认真的，那你就不会在这里了。那本漫画是我的杰作，至少公众都是这么认为；它给我带来了金钱和名声。"

"不，你不要自欺欺人。随便换一本你也能这么说。罪恶、残忍、血腥、恐怖，这些对你来说这些都是为了多卖几本而刻意吸引读者的手段。而且如果你的销售顾问跟你说这些已经过时了，现在流行的是其他东西，那么这些元素也会换成别的。"

"我才没有什么销售顾问。"

"我知道，你都是自己搞定的。你的嗅觉可不一般。"

"作为艺术家的直觉是我唯一的向导。"

"够了！"——刀子贴得离脖子更近了。

"但是那样的话，"漫画家呜咽着，刀锋的压力没有打断他的思路，"这跟我没什么关系！我是无辜的！我的唯一的罪就是用金钱衡量我的艺术创作。你人生的突变那是应该由你自己，或者小时候那个易受外界影响的你负责的事情。"

"别骗人。你很清楚你要负的责任……就算不是对我整个人生，那也得对我被判刑入狱负责……"说到了监狱他立刻暴跳如雷，高喊道，"你要付出代价！就是现在！"

"等等！大概我们互相之间有所误解？或者是我没理解你的话？你刚才不是说这本漫画事先披露了你逍遥法外地生活的每一个细节，但是当时我还在读小学，根本还没想过要当漫画家。所以你是在指责我什么？"

"指责你告发我啊，否则你以为呢？"

"但是，我怎么能告发你？怎么可能事先揭露还没发生的事！"

"我可以'事先'揭露一下：你马上要死了。"

音乐再次响起，和之前的一模一样：超越人类的旋律中，非常零散的音符低沉地回响着。

"请你解释清楚，在我死到临头之前。"这是他第一次承认这个现实，当然只是为了拖延时间，"至少我得知道我到底为什么死。"

"没什么好解释的。"

那本漫画杂志依然在他的面前微微晃动，虽然拿着它已经没有什么意义了。长方形的纸张虽然历经岁月已经发黄甚至变成棕色，但却锋利地划破了逐渐加深的阴影。整个场景中弥漫着不可挽回的死亡气息。漫画家感觉到了。他从一开始便收缩着的心脏缩得更紧，像是一颗铁球。他无法抑制自己的呜咽：

"是你自己，你和这本漫画……不是我……是这本漫画和你……"

"但是之前没人知道。"

漫画家即使大脑中已经是一团乱麻，还是意识到了他听到的这句话是多么无可反驳。他认识到了失败，被挫败感压倒，但也知道这无可辩驳已经成了整个对话中的规则，而不是一个例外。这给了他像遥远的灯光一样的希望，也许他还有另一个无可辩驳的论据。但是即使有，那个罪犯也会再摆出一个新的论据……这样下去没完没了。两人唯一的区别在于他们拿出论据的速度，但他感觉那个罪犯比他更快一步。不，不仅仅是感觉，很显然每次罪犯都能先于他找出一个无可辩驳的论据。这是有理由的：罪犯躲避法律天网的一生使他变得更加敏锐，而他自己总是在和平而宁静的工作室里伏案作画，当然没有经受过那样的训练。在他的漫画书里是有些互相交锋以及奇迹大逃亡的内容，不过这些内容都取决于修改和审稿，有时候他得花上几个星期才能想出一个答案，或者写出一个结局。

在刀子架在喉咙口的时候，漫画家相信自己再也找不到答案了，即使永远都在寻找。说真的（对他来说），在被迫保持这种不舒服的姿势的情况下，每一秒都像是永恒。因此，他的回答脱口而出：

"所以我以前也不知道！我怎么知道啊？你自己都说了，'没人'知道。"

引号在口头上强调了出来，这使得从上一个引号处开始的低沉的音乐再次停止。鼓声依然可以听到，只不过现在成了独奏。

"现在所有人都知道了，因为你这个声名狼藉的告密者。"

已经没用了。根本就不值得说。无可辩驳和不容置疑仍然占据了上风，即使"不值得说"这个说法并不准确。谈话永远是值得的，因为没有其他的办法可以知道究竟发生了什么。不值得的是继续说下去，因为当知道了正在发生的事情之后，时间就立刻转过身去向回走，正面和背面连在了一起，过去和现在的事情发生了接触，产生了一系列无法解决的矛盾。

因此，在单调的鼓声中，沉默降临了。两人在沉默中一动不动。这个说法不是绝对的：并不是说这两人都被石化了或者都被固定在了一幅画里。他们浑身发出微微的颤抖，产生了一些难以察觉的位移，但并不会改变整个姿势，比如身体的重心从一条腿转移到另一条腿上，两个肩膀朝前或朝后移动几毫米，眨眨眼睛，半开的嘴唇间吸气吐气，或者用舌头舔一下。罪犯的右手上依然握着那把刀子，刀锋抵住漫画家的喉咙，朝前伸出的左手上还是拿着那本老旧的漫画杂志在他眼前晃着。对于其他人来说，维持两条手臂抬起的姿势一段时间便会难以坚持，但他在如一头困兽般的一生中锻炼出了足够的耐力。两条手臂各自履行着各自的功能：握着刀子的对受害人施以紧迫的威胁，拿着漫画书的则为他的行为赋予解释和意义。两者少了任何一个都不足以创造出这样的场景；只有两者共同且同步完成才行。至于那个漫画家，出于显然的理由他保持着静止，僵硬的脖子伸得老长，眼睛盯着那本杂志。

在某一时刻光线就不再逐渐减弱，而是固定下来，投下模糊的阴影。这场景从一开始到看上去行将结束时，光线都没有发生明显的变化。它的减弱可能是心理上的效果：习惯于经历下午天色渐暗的过程的这个变化，使人自然地有了对光线变化的感知力。但是没人说这件事发生在下午。昏暗的光线可能是被云层遮挡的晨光，或者是经过了落地窗或百叶窗过滤，但也可能是月光，来自于晴朗的夜空中的满月……还有可能是一天不同时间，或是一整天中的光线的组合或交替。（排除人造的光源，因为全市正在停电。）

这两人是工作室里唯一的生命。不用去找天上飞的苍蝇或地上爬的蚂蚁，或者被一阵风吹起的纸张的拂动，或者从水龙头滴下的一滴水，或者在空气中旋转的一颗尘埃。可以说，连原子中的电子都停止了绕核运动。一切能动的东西都把焦点集中到了工作室中央那两个缠在一起的人身上。他们的确是位于正方形的房间的几何学中心上，四周空无一物，使他们显得更加显眼。画板和按人体工程学设计的凳子在扭打中都已经摔在地上散了架，离两人等距离的四面墙壁都完全被书架所占据，书架上漫画书填满了所有的缝隙，只能看到薄薄的书脊从左到右，从上到下地挤在一起。

这两个完全不同的人物是如何在同一时间出现在同一地点的？在这一动不动的僵局下，我们可以将这两处于行将发生暴力事件的人分开（当然，从三维的角度），然后各自放到不同的场景里：罪犯正在切开，或将要切开众多受害人之一（比如手无寸铁的女人）的喉咙；而漫画家正为糟糕的印刷焦头烂额，因为它毁了一部他努力了数月以力求完美的作品。一切都不用加以调整或润色：同样的姿态，同样的手势，同样的面部表情，都可以适用于众多完全不同的场景，且融合得天衣无缝，没有人会怀疑它。

最终，两人腰部以上同时向前倾斜下去。头部和手臂的相对位置都没有变，只是脸上都染上了灰暗的颜色。两人的倾斜过程非常缓慢，慢到一眼根本看不出来，但经过一段时间可以发现，他们的脸部与地面的距离更接近了一点点，就好像是两人一起弯腰寻找脚下的什么东西，但又好像是他们表现出某种身体上的疲劳，导致腰部的关节松垮了下去。

2009年9月25日

El Infinito
无 穷 大

梦境里总是充斥着概念而不是实例。我不希望
我在此写下的任何东西被当作一个例子。

无穷大

我从小就喜欢玩一些非常稀奇古怪的游戏。它们听上去像捏造的一样，事实上就是我的创造，不过那么多年以前，我还在成为现在的我的过程中。是我，或者当时我的朋友们，创造了这些游戏。这两者其实没有什么区别，他们创造的最后都在我身上产生了影响。现在我决定用纸笔把它们记载下来，因为不止一次有人劝我这么做，以免第二天我死了，它们就随着我一同消亡。我不清楚它们是否是独一无二的。孩子们总有些无比疯狂的举动，但是并不是没有范围。从我自己的直觉以及概率论出发，我可以发誓，在某时某刻一定存在着其他脑海中有相同或相似想法的人。如果手中拿着这本书的读者恰好是那些孩子之一，这篇文章中的描述会成为对早已遗忘的过去的提醒或者重现。我觉得有必要讲述一些复杂的细节，虽然有可能过于啰唆，但我对这份工作倾注了热情，以寻找我和其他陌生人的童年之间的共同点。它们之间的联系建立在极其细微琐碎的东西之上，由于我并不知道到底琐碎到什么程度，到底需要哪些细节，所以我只能将它们全部展开。还有个更实用的理由，与可理解性有关：即使是最不起眼的细节，它对于完整地解释乍一看显得荒诞不经的内容还是挺重要的。为此，我必须把所有看似无意义的都列出来，以免其中某个能赋予一切意义的东西漏网。

我就从一个数学，或者说是伪数学的戏开始吧。这个游戏有两个玩家，双方只要一直说出一个比对手说出的更大的数字就行。如果一个人说"四"，那另一个人至少要说出"五"（最少是五，当然也可以说"一千"）才能继续游戏，就这样一直进行下去。这游戏的本质就如我所说的这样，简单得不能再简单了。显然，由于数的性质，想要获胜就只有不犯"说出比对手之前说的更小的数字"的错误……但同样明显的是，如此胜利只是偶然事件，对游戏的本质也没有什么影响。从本质上来说，这游戏的获胜者应该说出一个足够大的数字，让对手找不到一个更大的。我们都根据这个原则来进行游戏：从不犯错，即使某人一时口误，对手也会不以为意并继续游戏。很难想象我们要如何把一个游戏进行到底。它本身就似乎存在着一个矛盾。

不过我认为，"困难"都是针对试图理解游戏的精髓，并重现这种精髓的成人视角而言的，对于我们这些孩子来说，这个游戏其实一点都不难以理解，而且恰恰相反，它实在太容易了（所以我们提高了一点难度）。让我们乐在其中的困难是建立在另一个层面上的，之后我会试着阐述它，现在我们只是顺其自然地进行着这场游戏。

在进入正题之前有必要先声明一些事情，首先是年龄。我们当时只有十到十一岁（或者十一到十二岁：奥马尔比我大一岁；我们还在读小学，不过是最后一年而不是低年级）。这就是说，我们已经不是还在学数数的、沉醉于奇妙算术之中的小孩子了，完全不是。而且在当时，也就是三十五年前，并没有什么寓教于乐。一切都是开门见山，从来不浪费时间。即便是在我们上的那种半乡村小学（普林格莱斯上校市第二小学，如今还存在着），教学水平也相当高，和如今学校里的要求不可同日而语。学校里大部分孩子都来自于农场，虽然双亲都是文盲，但都能跟上进度。唯一的坎是一年级，许多人停留在了那一年。不过一旦扬帆起航，所有人就都在一条快速航行的船上共同前进。

两名玩家：奥马尔和我。我从没和其他人玩过这个游戏。我不记得自己是不是曾经找过其他人玩，不过即使找了，也玩不起来。这样一种需要去寻找合适玩家的游戏，要是它能找到的话，几乎就已经算是奇迹了。它找到了我们，我们也适应了这种游戏错综复杂、你来我往的过程。我们成了它的一部分，反之亦然，其他东西都被抛之脑后。不是因为需要解释或者适应规则（这是个数学游戏），而是因为我们两个已经花了无数个下午，玩了好几百次，已经无法回到最初的状态了。其他人也许可以，但我和奥马尔不行。

奥马尔·贝鲁埃特并不算我最老的朋友。他的家庭在认识我数年前，从大布宜诺斯艾利斯的贝拉萨特吉搬来，不过他双亲都是普林格莱斯人。他的母亲自小就是我母亲的朋友，他的一个姑姑住在街角，她两个孩子姓莫拉尼亚，我很早以前就认识了他们。其中年龄大的那个，和我在小学阶段的每一年级都是同班同学。贝鲁埃特一家在我家边上租了一栋房子，奥马尔是他们的独子，比我大一岁，因此我们在学校里并不是同班，不过因为是邻居，所以我们之间的距离更为贴近。在那个时候我们整天都泡在一起。他是个高高瘦瘦、金色直发、脸色苍白、无精打采的孩子，完全和我相反。大概是异性相吸的原理使我们相互靠近的吧，我怕我会把他变成我自己"怪诞多变的情绪支配的对象"。他很乐意迁就我的任性，但也会使用某种隐藏的力量使我学会尊重别人，有时候还会给我造成痛苦。他不缺智慧，不过表现智慧的方式也和我相反：我总是大声吆喝，四处显摆，自吹自擂，而他则会用一种安静的、带有讽刺和现实主义的方式来回应。（之后我大概没机会再提起了，所以最好在这里说一下：他长大后留在了普林格莱斯，成为了银行职员，有了八个孩子，包括一个夭折的。）

最后，是游戏进行的背景。普林格莱斯上校市，这座城镇当时和现在的样子差不多，只是当时更小一些，没那么城市化，有着更多的泥土路。我们所住的阿尔维亚路是当时唯一的一条柏油马路，一百米之后便是荒地（整块整块的）、农舍和农田。我们的街区有五幢房子在马路的同一边：路口是乌鲁纽埃拉家，我的艾丽西亚阿姨和玛丽亚阿姨的家，我们家，冈萨洛·巴尔巴的家（他是我父亲的侄子和生意合伙人），以及贝鲁埃特家。在另一个街角就是我父亲的办公室和后院，公司名字就叫"艾拉和巴尔巴"。冈萨洛和贝鲁埃特家租的房子的房东是帕德里，他自己的家在背后，和这两家的后院是连通的。马路另一侧人行道上有一堵长长的围墙，围墙后面的土地属于两个街角的两幢房子，左边的属于阿斯图蒂，右边的属于佩利耶。那几块荒地中最引人注意的是阿斯图蒂的那块地上停放的正在组装或改造（我觉得这是房主的一位兄弟常年的爱好，至少持续了有我整个童年那么长的时间）的超现代化房车，以及佩利耶的那块地上的一棵树。那棵树事实上是两棵共生的树盘根错节，个头远超普通的针叶树，足足有十层楼那么高，呈完美的圆锥形，堪称全普林格莱斯最高大的树木。

马路上几乎什么都没有，每隔半小时才会来一辆车。我们有着数不清的空闲时间：我们早上上学，下午感觉就和自己的生命一样长。我们当时没有什么课余活动，没有电视机，家里的房门都用不着关。为了玩这个数字游戏，我们跑到了奥马尔父亲的红色小货车（那辆车几乎总是停在家门口）的车斗里……

好了，游戏开始。

谁先产生这个念头的？肯定是我们两个中间的一个。我无法想象这个游戏是我们从其他地方抄现成的。每次我回想起它，脑海中就会浮现出创造与实践的融合。或者说，这游戏的实战就是无止境的创造，你永远无法预知之后会发生的事情。如果真要在我们俩之间确定一个创造者，那我只能当仁不让。创造这个游戏的动力来源于我的异想天开或者是精力过于旺盛，听上去有些不可思议不过的确完全切合我当时的形象。奥马尔则是另一个极端。但有意思的是，他也走入了这条令人晕头转向的隧道，从它的另一头。

这游戏没有什么规则。虽然和其他孩子一样，我们一生都在为所有自己的游戏创造着规则，但这个游戏就是没有。大概是因为我们发现没有规则适合它，规则总是会有不足，或者过于简单。

现在想想，曾经有过一个规则，不过只是临时的，可以视情况撤销。在某一局的时候我们用了这个规则，然后在下一局就把它抛之脑后。不过出于某种原因它留在了我的记忆中，当然一定也留在了游戏里。这规则也相当简单：一个人所能提出的数字最大是"八"。不仅是数字"八"，也可以是任何一个以"八"开头的：八分之一，八十万，八万亿等等。实际上它就是一个加速器（就好像我们需要它一样），使游戏更快进入下一个等级。

并不是说这个游戏中存在着"等级"或者"系列"的概念，或者说至少我们不关心这个。不过我们的"速度"确实是有差别的，也就是"步步为营"和"大步跨越"的区分，通过它们可以到达现实世界的流动时空中无法到达的边界。游戏总是在加速，即使是在非常慢的时候。不过它从不会失控，因为包含一切的"快"也是一种"慢"。这句话的意思是，在这无比单调的游戏里，"速度"使我们能够不断地转换话题（因为速度本身便是话题）。

"三。"

"一百。"

"一百零一。"

"一百零一点零一。"

"八十九万九千九百九十九。"

"四亿。"

"四亿零一。"

"四亿零二。"

"四亿零三。"

"四亿零四。"

"四亿零四点四四四。"

"四亿零四点四四。"

"四亿零四点四。"

"四亿零四点三。"

"四亿零四点一。"

"五亿亿。"

我们从不管"一亿亿"之类的东西（或者一亿亿亿，一亿亿亿亿，一亿亿亿亿亿，等等，即使我们都会使用这些数字）到底是多少。管它是多少呢，反正用就是了。

"五亿亿零一。"

"一亿亿亿。"

"八亿亿亿。"

"八亿亿亿零八。"

我们也会用"一万亿",不过这个数字我们知道是一万乘以一亿。如果说一亿是"一"的话,那么"一万亿"就是一万个"一"。但是我们从不数它有几个零,并以此计算大小。我们从来没有数过(我觉得,一万亿应该是十二个零)。这事太复杂,太繁琐,一点不好玩。我们只是玩个游戏而已。我们和其他孩子一样没有什么耐心,而且这个游戏正适合没耐心的人,因为数字总是在跳跃。即便我们几个小时甚至整个下午待在奥马尔父亲的红色小货车的车斗里一动不动像两尊雕像一样,那也是在体现我们的没耐心。从另一个角度看上去这就像是数字算命,不过我说我们这个不是数字算命,而是一门艺术。

甚至我们都不知道一万亿和一亿亿哪个大。这又有什么要紧呢?最好是不知道。我们都在对方面前装作知道的样子,但从来不证实它。即使这样,这游戏还是很简单。

不可避免地,我们着眼于那些很大的数字,这是由这游戏的本质所决定的,就像是让我们坠落的地心引力一样。但与此同时我们又轻视那些数字,因为我们从不关心它们到底是多大。和普通的数字相比,大数字像是另一种东西:对于普通数字我们可以直观感受("八"可以是八件东西或八个点;八十,甚至八亿也是);而对于那些大数字我们只是盲目地想象，使原本的数字游戏变成了文字组合游戏。

"一万亿。"

"一亿亿个一万亿。"

"一万亿个一亿亿个一万亿。"

"一万亿个一万亿个一亿亿个一万亿。"

当然在这些文字堆积的终点又出现了数字。

"一万亿个一万亿。"

"一万亿个一万亿零六。"

"六万亿个一万亿零六。"

"六万亿个一万亿零六点零零零零零零六。"

我们允许这些多余的东西存在，就像是我们要尝试一种感觉不到也无法感觉到，但却能想象得到的无聊一般。不过我们一致同意不接受"六万亿个六万亿"这样的说法：这不是个数字，而是一道乘法。单纯的数字对我们来说已经足够，甚至已经超出我们能力范围了，那为什么我们还要让它变得更复杂呢？

我不知道这游戏持续了多久。月复一月，年复一年。我们从没玩腻，从没放弃在游戏中寻找惊喜和刺激。这是我们童年的高光时刻之一。当我们最后不再玩这个游戏的时候，不是因为玩够了或者是厌倦了，而是因为我们长大了，各自选择了不同的道路。另外需要说明的一点是，我们并不是整天整天地玩这个，它也不是我们玩的唯一一个游戏。完全不是。我们有数十种截然不同的游戏，其中的一些比另一些更异想天开。我说过要一一把它们记述下来，而且正好从这个数字游戏开始，仅此而已。我是有些刻意地把这个游戏单独提出来，但我不想因此而给人错误的印象。我们没有疯狂到无时无刻不把自己关在卡车车斗里报数字。有时我们的热情会转移到新的幻想中去，并可能在几个星期内把这些数字抛在脑后。之后我们又回到这游戏，一切如之前那样……仔细想想，并不是我刻意把这个游戏单独列出，而是这游戏本身包含的一些元素，比如它一成不变的简单和自然，比如它的秘密，使其独立于其他游戏。我觉得我们将这个游戏秘而不宣，不是因为它本身是个秘密，只是因为我们忘记，或者没机会和其他人分享罢了。

这个游戏简单朴素，也正因为如此，它永无止境。它不会让我们玩够，因为那样会违背这游戏的定义。它本身就是一种自由，怎么会使我们无聊呢？作为生活的一部分，玩这个游戏的时候能够体现出生活的广阔，生活的张力，生活的无穷无尽。我们在还未有亲身体会的时候便知道了这一点。我们自己也是简单朴素的人，就和我们的父母一样，和整个社区，整个城镇，整个普林格莱斯的一切一样。如今已经很难想象那时的生活多么简单，即使那样的生活是我自己已经经历过的。我尝试着去想象它，尽可能地把自己的回忆放在一边，去寻找那简单的感觉。

有时候，当玩了让我们都甚感满意的一局之后，我们试图做一些突破它的简单性的事情，但事实上适得其反。出于搞怪，我们用玩笑的方式进行同一个游戏，就好像我们没理解这游戏，好像我们是野蛮人或者白痴一样。

"一。"

"零。"

"负一千。"

"八亿亿"

"零点零九九九。"

"负三。"

"一百十五。"

"一亿亿亿亿。"

"二。"

"二。"

胡乱报数不会持续很久，因为它太容易把人搞晕。只要一分钟就能产生和之前几小时完全不同的效果，就像是从马背上下来，或者说从精神上的数字世界中下来，来到数字真正生活着的现实世界里。如果我们当时知道什么是超现实主义的话，我们一定会高呼："超现实主义多美！它改变了一切!"然后我们回到了原来的游戏中，就像某人回到梦境，回到高效而具有代表性的世界里一样。

怀旧之情油然而生，一种空洞的不满意的感觉。它不是在一天，一个月或者一年后的某一个时间点产生的……我不是在按照时间顺序讲述这个游戏的创造，发展，衰落和废弃。我没法这么说，因为它完全不是这样。我的叙述中不可避免地存在着连续性的问题，因为我不知道有什么其他方法可以讲述它。这种不足应该源自于数字和单词之间的区别。我们自己给自己强加了只能使用真实而"经典"的数字的严格规定。可以是正数或负数，但必须是日常用来数数的常用数字。而且数字不是单词。即使数字都有其对应的词，但它们之间是不同的。

当然，我们之间会有选择，并达成一个协议，在每次开始玩之前都会更新，而且对此不会有所抱怨。我们的思想在游戏中变得更灵活；它像瑜伽一样使我们放松下来，使我们能够看清这个可言说而不可进入的王国的全貌。单词的数量远多于数字，它们涵盖了一切；数字只是词汇的一个微小的子集。如果词汇是个宇宙，数字就是其边缘的一个遥远的星系，在那里永远只有黑夜。我们隐藏在那里，躲在无边无际的未知之下，耕耘着我们的小花园。

从那里我们能看到词汇的世界，感觉像是之前从没见过一样。我们刻意和它们保持着距离，以便能看到它们的美丽、有趣和高效。我们觉得只要伸出双手就能获得这些无所不能的魔法宝石。不过这种感觉来自于距离：如果移除这段距离，它们就会如海市蜃楼一般烟消云散。我们知道这一点，但是出于某种奇怪的念头，出于对冒险的热爱，我们迫不及待地想要尝试……

我们每天都在试验着词汇的魔力。我从不漏过一个机会：我远远地观望着，相信能抓住这幻象，控制它这道致命的闪电，在它降下之前乐此不疲。我最喜欢的"受害者"，不用说肯定是奥马尔：

"我们玩一个看谁牛皮吹得大的游戏吧。"

奥马尔耸了耸肩："我刚看见米格尔骑着自行车过去。"

"不，不是这样……假设我们是两位渔夫，在吹自己钓上的鱼。谁的牛皮吹得大谁就赢。"

我强调了"大"这个词，以便把这个游戏和那个数字游戏联系起来。奥马尔马上给我出了难题。只要他想，他就能变得无比聪明："我钓起了一头鲸鱼。"

"奥马尔，你听我说。我们玩得更简单一些。我们只能说鱼的重量、长度和年龄，上限是八吨重，八十米长，活了八百岁。哦不！再简单一些吧，只说年龄。我们就假设鱼类至死都在生长，所以只需要年龄就能把长度、宽度和重量之类的都包括进去。我们再假设它可以无止境地活下去，但我们最多只能说八百年。你先开始。"

我原以为奥马尔很笨，没察觉我手上留着能直击靶心的一招。然而他非但不笨，还相当聪明，聪明得不能再聪明了：他就是衡量我的智力的标杆。最后，他顺从了我的提议：

"我钓了一条八百岁的鱼。"

"我钓到了它的爷爷。"

奥马尔轻蔑地弹了弹舌头。我也并没有对我想出的这个回答感到什么骄傲，因为这只不过是我从某本杂志上看到的一个笑话，然后不合时宜地拿来用在这个游戏里，用在我朋友身上。这笑话大概是这样的：两个爱吹牛的渔夫在谈论一天的收获："我逮到一条那么长的旗鱼。""是啊我知道，那是条刚生出来的小鱼。我钓的是它的妈妈。"这笑话一点不好笑！我还费了那么大劲去理解它！而且效果还那么差。我从中得到了什么？无非就是词汇的力量。简而言之，这个笑话中包含了我们的数字游戏（那两个吹牛的渔夫可以无限地增加鱼的长度）以及超越它的东西：一个单词（比如"妈妈""爸爸"或"爷爷"）位于更高的层级，打败了所有的数字。

这就是我想说的。这是我们的游戏的极限，是它的伟大和它的不幸。

直到我们发现了那个词的存在。我重申一下，这不是发生在这个游戏的历史中的某一个时刻。它发生在一开始。它就是一切的开始。

那个词是"无穷大"。很合乎逻辑是吧？很自然而然是吧？我总是觉得，把这个游戏称作"数字游戏"有些违和，因为它实际上是"无穷大"的游戏。要记录这个游戏最典型的一局，即它的起源，它的原型，再简单不过了：

"一。"

"无穷大。"

其余的一切都从这里开始。否则还能怎么样？为什么我们禁止这一跳跃，但却允许其他的呢？事实正好相反：我们允许的那些跳跃正是向异类，也就是向词汇世界的跳跃的基础。

从现在开始，我觉得可以回答一个从我开始讲述这个游戏起就在潜意识里生根发芽的问题了：一局游戏什么时候结束？谁是胜利者？仅仅回答"从不""没有人"是不够的。我认为我们从未掉入过我们自己铺设的陷阱。这一点在抽象的层面，在由一场场仪式般的游戏构成的神话里是成立的，不过在游戏真正进行时就不一定了。事实上，我记不太清了。

我以为我记得一切，就像重现在眼前一样（否则我也不会写这些）。但我应该承认有些东西我已经不记得了：如果我足够坦诚，我应该说我什么都不记得。这里也有一个跳跃，但并不矛盾。事实上，我唯一需要写下的，记得清晰无误的东西就是"遗忘"。

以及：

"无穷大。"

无穷大是所有数字的极限，看不见的极限。我说过对于那些大数字我们使用了超越直觉的方式盲目猜想；但无穷大通往盲目的盲目，就像否定的否定一样。我被遗忘的记忆从这里开始重见天日。也许我知道什么是无穷大？这就是我能知道的一切，但我却无法知道。

向无穷大的跳跃具有惊人的实用性，而且越早跳出去越好。一切保持耐心之举在它面前都失去了意义——没什么可等待的。即使不知道它是什么，我却爱上了它。它像一缕阳光照亮了我们的童年，因此我们一次都没有探究过它的真正含义。无穷大就是无穷大，这一步我们已经跨了出去。

我们拒绝探究它的含义导致了一些后果。我们知道"半个无穷大"没有意义，因为无穷大的部分和它本身相等（无穷大的一半，比如偶数的数量相对于自然数的数量，和另一半或者和它本身一样都是无穷的）。但是我们接受这么一个说法，即两倍无穷大大于一倍无穷大，这也算是贴合我们的常识。

"两倍无穷大。"

"二亿三千万倍无穷大。"

"七万亿亿亿倍无穷大。"

"七亿亿亿亿亿亿亿倍无穷大。"

"一亿亿亿亿亿亿亿亿倍无穷大。"

我们如此接力下去，直到有人得意扬扬地说出那句："无穷大倍的无穷大。"然而它依然可以回到刚才的格式里：

"一万亿亿倍无穷大倍的无穷大。"

"八亿亿亿亿亿亿亿亿亿倍无穷大倍的无穷大。"

当然我们没有这么说。我应该澄清一下，我刚才写的这一连串数字我们并没有真正说出口；不仅是那些数字本身，也包括一切同类的东西。我只是用了一个啰唆的方法来把我要说的解释清楚，但我们这个游戏本身的目的正好与此相反。所有这么多局游戏，事实上都是可能在我们脑海中出现的虚拟的东西。真要说那些东西可能会很无聊，我们不会把宝贵的童年时光都浪费在那种事情上。而且这些数字本身都是毫无作用的，因为它们都会被下一个数字超越而灰飞烟灭。数字的性质就是这样平凡无奇，它们每一个之间都一样，重要的是其他的东西。把刚才那一堆愚蠢而无用的例子都丢掉，我们真正应该说的是这样：

"一个数字。"

"比刚才那个大的数字。"

"比刚才那个大的数字。"

"比刚才那个大的数字。"

当然，要是这么说的话，这游戏也就玩不起来了。于是刚才那个词又再次出现："无穷大倍的无穷大倍的无穷大"。比它还大的只有："无穷大倍的无穷大倍的无穷大倍的无穷大"。

我想说的是，它是比刚才那个数大的数里最小的那个，但不是唯一的，因为"无穷大倍"可以无限延长下去。然后这就变成了一件非常幼稚的事情，像绕口令一般无限重复着同一个词：

"无穷大倍的无穷大倍的无穷大倍的无穷大倍的无穷大倍的无穷大倍的无穷大倍的无穷大倍的无穷大倍的无穷大倍的无穷大倍的无穷大倍的无穷大。"

不管你是否相信，还有一个比它更大的数：就是那个下一个人要说出来的数字。它完全是虚拟的，这游戏从这个状态开始展开了它惊人的可能性。

令人难以置信的是，如此贪婪的我们却从未想过在数字上添加一些其他东西。我们想要一切，但是赤裸裸的数字本身什么都不是。两个生活在现在看来有些古老而原始的社会里的半开化的孩子，和他们的贪婪之间事实上并没有矛盾。我们的确想要一切，比如劳斯莱斯，甚至是对我们毫无用处的东西，像是钻石或者粒子加速器。我们多想要啊！我们急得都快得焦虑症了。这些都没有任何矛盾。我们父辈的生活简单到了极点，像是已经达到了目标，大概那目标就是我们。租金从来没涨过，汽车从来不会折旧，家电依然是几十年前搬来普林格莱斯时的那些，家具还是当年他们结婚的时候买的……

还有：我们总是有足够的钱去购买那寥寥无几的我们感兴趣还正好有卖的东西，比如卡片、期刊、弹珠和口香糖啥的。我不知道这些都是从哪里来，但我们从来不缺。然后我们就变得贪得无厌，财迷心窍，永不知足。我们想要一条大船，船头镶嵌着纯金的雕像，船帆都是用丝绸编织；然后梦想着找到一处宝藏，里面充满了金币、元宝和宝石。我们不会鲁莽地把这些都花在买这买那上，而是把它们换成钱存在银行，用以复合利率计算的利息买下复活节岛上的石像、泰姬陵、跑车和奴隶。即使这样还不满足我们。我们还想要贤者之石①或者阿拉丁神灯。米达斯国王②的遭遇吓不住我们：戴副手套不就行了。

数字就是数字，没有其他意思。大的数字尤其如此。"八"还可以代表八辆车，一星期每天开一辆，再留一辆带备用轮胎的给下雨天用。但是一万亿呢？无穷大呢？无穷大倍的无穷大呢？这些大概就只能用来表示金额了。我不知道为什么我们从没提到这个。大概早就默认了吧。

大树像一个巨大的深绿色的三角形，遮住了半边天。红色的小货车藏在树荫下，而我们俩在车里不知疲倦地快乐着。那天一直烈日当头。

在那些关于大自然的梦境里，一个非常常见的主题是关于生命如何完美运行的机制。就拿鱼鳃打比方吧。当一条鱼游泳的时候，一种类似气动阀门一样的东西在控制水的流入，从中提取需要的氧气。它是怎么做到的这不重要。总归有某种办法。就像刚才那两句话一样，朝抽象概念的方向简化并不难：你可以想象一个装置、一台蒸馏器，可

①贤者之石是传说中可以将其他金属转化为金的物质，因此古代的炼金术士对此进行了不懈的追求。

②米达斯（Midas，又译"迈达斯"或"弥达斯"）是古希腊传说中弗里吉亚国的国王。酒神狄俄尼索斯赐予他点石成金之术，他手指触碰过的任何东西都会变成金子。但是他因此招致了巨大的灾难：将自己的女儿也变成了纯金雕像。最后酒神终于使他摆脱了这项能力。

以将水分解，把氧元素留下来同时排出氢元素。在梦境里也会保留一些东西，同时排除一些东西；在这个例子中保留的是鱼的大小。有些鱼小得和一根火柴棍一样，在这些鱼体内的那台装置就显得巧夺天工……是吗？我们要是想装配或者拆解它的话，可以想象我们需要放大镜，或者显微镜，以及像针尖那么细的螺丝刀、镊子和锤子，再加上无与伦比的技巧和耐心。就算非常乐观地估计，可以在一条鱼上完成这一壮举，但大海里有着亿万条鱼呢……所以我们不得不向证据低头，承认关于梦境的推理中有一个错误。事实上是两个。第一个错误是关于做一件事和发现一件事实的区别。没有人曾经为小鱼们制作它们的鳃。鱼鳃早就存在了。结构主义只是个空洞的幻想。第二个错误是关于鱼的大小。这个错误在于把人类的体型生搬硬套上去。其实造物主为每个东西都选择了最合适的尺寸，或者说，在他创造一切"尺寸"的同时就已经都选好了。这是一间流动的、有弹性的车间，造物主在里面总是能用自己的双手快乐而舒适地工作。我认为这解释了为什么"概念"有如此大的吸引力，解释了为什么人们从幼年开始就对抽象的概念趋之若鹜，并对现实提出的反驳嗤之以鼻。我们举的例子本身就都是不合适的；和它们相比我们总显得比例失调，不是如巨人般硕大就是如侏儒般渺小。

　　梦境里总是充斥着概念而不是实例。我不希望我在此写下的任何东西被当作一个例子。

1993年3月21日

第八篇

E n e l C a f é
在咖啡厅中

无论如何,把城市里的人口按社会经济学分成各阶层本来就过于简单粗暴,因为每个人都有属于自己的阶层,所以有多少人,就会存在多少社会阶层。

在咖啡厅中

　　一个大约三四岁的小女孩笑着在桌子间跑来跑去，不断躲闪着正和朋友聊天的母亲的视线，模样可爱极了。顾客们向她打招呼，她则报以微笑，并迅速回到自己的捉迷藏游戏之中。一对老夫妇把她叫住，并用餐巾纸折了一条纸船送给了她。她拿着纸船跑回母亲身边炫耀，而母亲则问她有没有谢过那对老夫妇。小女孩于是便跑了回去说了谢谢，然后把玩起那条纸船来。由于纸质实在太软，小船很快在小女孩的手中散了架。不过随后另一张桌子上的另一位顾客（正在独自一人翻阅着《号角报》①的足球版面）又叫住了她，并给了她一架同样是用餐巾纸折出的纸飞机。和之前一样，小女孩又跑回到了母亲那里显摆新到手的礼

----

　　①《号角报》（Clarín）是阿根廷国内发行量最大的每日早报，总部位于布宜诺斯艾利斯。

物，而且还跑到了之前折纸船给她的老夫妇那里展示。她的欢笑声让其他桌子边的顾客也纷纷转过头来，露出了笑容。让小孩子高兴总是那么容易，不过真要说不容易也不容易，因为这个小女孩脸上的天真欢笑总是转瞬即逝，需要另一样东西让她再次高兴起来。

第三位顾客似乎已经开始眯着眼睛，十分专注地折起了餐巾纸。这是一位上了年纪的老人，他对于折纸的专注似乎来自常年累积的经验。显然，他在几年前已经给孙子们折过了，然而由于电子游戏在下一代中的流行，他已经不为自己的曾孙们折纸了。在咖啡厅这个供他打发时间的场所中，他突然找到了一个拾起数年前的手艺来取悦小女孩的机会。有那么一会儿，他心中惶恐，害怕这项手艺已经从记忆中溜走。在他这个年纪，"遗忘"已经在快散了架的大脑的各部分中都占据上风。更糟糕的是，他的双手也日渐僵硬，手指渐渐失去了协调性，时常作痛的骨头扭曲成一个不太美观的角度。然而他的记忆却顽强地在废墟中找到了通往黎明的道路。此刻他眼前出现了一个用薄到几乎透明的折纸娃娃，它那像是要散架的身体在颤抖着。不过这些对于小女孩来说都不重要，只要有个小礼物，她就会高兴地跑过去，像是被一股特殊的力量指引着一样。这个纸娃娃，或者说是个穿短裙的人影，完全靠折叠的方式

做成，一刀未剪，居然还被做出了手臂和双腿。虽然在被
遗忘侵蚀的技艺，以及过于纤细的纸张的妨碍之下，这东
西更像是件柔软的婴儿装，但不管怎样，至少还能辨认出
个形状来。

　　小女孩自然而然地对看着她的顾客们露出了笑容，她
把纸娃娃抱在怀里，唱着摇篮曲，跑回了母亲和她朋友聊
天的那张桌子旁。那位顾客依然沉浸在这甜蜜的一幕中，
虽然他的创作是否成功这点很值得怀疑：一方面他只是简
单利用了男孩女孩天性上的差异（女孩子偏爱娃娃，而男
孩子更喜欢球），另一方面这破布一样的纸实在对不起折纸
这项历史悠久的艺术。一张桌子边，一位年长的男人带着
一男一女两位年轻人也已经开始折起纸来。从年龄来看，
他们并不像是父亲和子女，而更像是老师和学生，或者老
板和他的年轻雇员。桌子上堆满了纸张，可能是笔记、数
据表、出货单、账单，或者从电脑上打印的文档之类，不
过现在他们的注意力都集中在男生手里薄薄的那张餐巾纸
上。女人和年长的男人在一旁看着，后者还时不时地指指
点点，用手势展现着自己的权威。这种权威显然仅仅来自
年龄，而非他真的知道怎么做，因为很显然，具备这个天
赋的是那个年轻男子。一张长方形的纸，在他的手中经过
折叠和展开，变成了一只圆滚滚的母鸡，喙张开着，高昂

着头，头上有顶带有三角形翎子的半月形鸡冠。男生得意的笑容吸引了小女孩，而小女孩则吸引了咖啡厅里其他人的目光。她总是对新的礼物充满好奇，不管是用任何材料做出的任何东西。之前那个纸娃娃已经被丢到了地上，因此急需一个新的礼物来再次逗她开心。

显然，从前一个礼物的遭遇已经可以预见到后一个会迎来同样的结局，从理论上来讲的话，这大概就是一种无用功吧。不过即使不提"一切不会消失，只会转化"①，弥漫着的也不是"失去"，而是"获得"的气氛。人们对小女孩喜新厌旧的天性早就习以为常，甚至喜闻乐见。所有人都这么认为，有人甚至从中悟出了哲理：获得与失去，享有与放手。一切都会过去，这就是我们为什么会存在在这里。永生，或者某些或多或少可以获得的类似的东西，都不应该存在在生命中。对于小女孩这个纯粹的生命体来说，纸折的母鸡就可以让她充满快乐，而且还给了她一个到处乱跑的借口：她把它举过头顶，让它像鸟儿一样飞翔；从她初学走路不久的摇摇晃晃的脚步来说，这更像是一只蝴蝶在飞行，总像是要摔却总能恢复身体平衡。显然小女

①来源自法国化学家拉瓦锡的名言"Dans la nature rien ne se crée, rien ne se perd, tout change."，意为"自然界中没有物质会凭空产生，也没有物质会凭空消失，物质只会互相转化"。

孩还不知道母鸡根本不会飞，至少不会用这种姿势去飞。孩子眼中的动物学就是这么简单，来自不同地理环境或不同时期的不同物种都可以描绘成同一种形态。日行性和夜行性动物也不例外，因为一只会飞的小鸡也能和蝙蝠一样飞行，所以这种模糊的分类也同样适用于蝙蝠，只要别太追求真相就行。说到这个，餐巾纸的颜色就揭示了真相：这是无可辩驳的白色（蝙蝠通常是灰色、褐色或黑色）。不管怎么样，这只纸质母鸡的"飞行"，以及小女孩粉红色的手指间施加的不稳定的压力造成了破坏性的后果：它原本圆滚滚的身体已经变得像是废墟中的金字塔，那引以为傲的三角形翎子歪在一边，而且当这位小小试飞员终于想起把它拿给母亲看的时候（对她来说这就是一种仪式，就像在颁发一项证书），它已经成为了一张废纸。不过没有人会在意这个，大家都想逗她开心。

两个之前在欢快地聊天，像是对周围发生的事情不感兴趣的女人，在手中摆弄着白色的东西，像是用红布吸引公牛那样吸引了人们的注意力：这是一个用餐巾纸为材，以极为灵巧的手法折出的小丑。之前她们对小女孩的嬉闹不加注意，大概是因为正全神贯注地制作手里的作品。这个小丑堪称佳作，质量上远超之前的那些：它头上戴着墨西哥圆帽，圆形的脸上有个略显夸张的凸起，代表着小丑的橡胶鼻子；它身着尾部挂着坠饰的外套，宽松的裤子，以及标志性的小丑鞋，长得像是能伸到邻居家门口。那个充满渴望的小女孩正从这个小丑的创作者手中接过这个新礼物，而在这之前，两位创作者看上去都不像是能制作出这样精美的作品的人。她们就像是只会聊八卦的女生（这就是她们之前在做的事，至少从听不见的地方看过去像是在聊着八卦）。唯一可以解释这种强烈反差的理由是她们，或者至少她们中的一个人，是幼儿园老师，而且之前为了成为幼教而学习的技能里（可能是必修也可能是选修）正好包括了折纸。一个小丑！他堪称是孩子们最好的朋友：总是在他们躺在小床上闭上双眼时陪伴左右，即使在最可怕的噩梦中小丑也会坚守自己的岗位；或者说，它会在噩梦中充当主角，以防止其他东西，比如怪兽，占据主角的位置。这个用薄得简直能用眼神瞪破的纸折出的，人畜无害的小丑身上，似乎残留着在梦境中与怪兽交流的痕迹。是什么呢？这痕迹只能通过潜意识感受到，并在潜意识中挥之不去。它的拥有者正拿着它到处跑，到处拿给人看，使得任何细致的观察变得不太可能。事实上，这痕迹是这个纸折的小丑身上的一点油渍。它的白不像是之前那些作品一样洁净无瑕。油渍不是很明显，像是一处棕色的擦痕，没有固定的形状，而且由于纸的折叠而出现在了几个不同的部位。大概是其中一位创作者在用它擦拭嘴唇上的咖啡渍时留下的吧，或者她们折了一张本就被使用过的餐巾纸。这很奇怪。如何解释一件高难度的精美作品居然来自于有瑕疵的材料，而且是在干净的纸随手可得的情况下？也许她们只是拿这张手边最近的纸做了一下试验（测试下这种纸能不能用来折纸，尺寸够不够之类），然而试验太过成功，以至于她们无法抛下它而另外抽一张干净的餐巾纸重新开始。如果她们真的如表面上那样（声音稚气，染着头发，用手头的东西制作即兴作品，充满孩子般的天真与期待）是幼儿园老师，那么这些都只是她们的日常而已。

现在轮到介绍用来给小女孩制作礼物的餐巾纸了。在布宜诺斯艾利斯，没有一家咖啡馆的桌子上会不放纸巾盒。传统的餐巾纸是长方形的，放在一种带有弹簧（用来把纸巾顶上来）的铁质纸巾盒中。随着时间的推移，这种餐巾纸渐渐被正方形的（也有三角形的，不过比较少见），纸质更具韧性，并在上面印有咖啡厅名字、商标和地址的新型纸巾代替。纸巾盒也变成了木质或者压克力材料的支架。不过这个故事中，咖啡厅里的餐巾纸盒还没有更新换代：旧的铁质纸巾盒仍然在使用，里面是传统的双层长方形餐巾纸，下面用一块带弹簧的金属板支撑着。在这个时期的这个城市里，这种纸巾盒已经只能在最低端的场所里看到

了。然而这是个例外，一个很明显的例外：这是家最近才
改建过的咖啡厅，装修得非常典雅时尚。也许是老板保留
着很多仍能使用的老式纸巾盒，所以打算省下购买新式纸
巾盒的额外花费；或者更有可能的是，他根本没想起更换
纸巾盒这回事。这两种原因也可能同时存在，甚至我们还
能加上第三种：老板就是觉得老式纸巾盒更好，不仅是从
实用性上考虑，而且更是出于无意识中对已经陪伴自己很
久的东西的偏爱。为了在一代代人中维持自己的客户群体，
同时和新对手竞争，旧咖啡厅的改造是非常必要的，而且
这种改造正是整座城市持续变迁并扫除陈旧记忆的原动力。
而在这变迁中保留下来的一些东西，虽然只是极其微小的
事物，却象征着存在和延续。对这个新改建的咖啡厅来说，
它还有更深层的含义。它坐落于一条无形的城区分界线上，
一边是社区的商业中心，另一边靠近电影院的地方则有大
量居住在西郊贫民区的工人和清洁工穿过，因为不到200米
便是他们回家必经的弗洛雷斯火车站①。所以这些旧式纸
巾盒不仅象征着连接过去和现在的节点，更连接着不同的
社会阶层。这两者当然也能同时存在，因为贫穷已经成为
一件过去的事了。

①弗洛雷斯（Flores）火车站位于布宜诺斯艾利斯市内，是以阿根廷前总统名字
命名的萨米恩托铁路（Ferrocarril Sarmiento）上的一座车站。

无论如何，把城市里的人口按社会经济学分成各阶层本来就过于简单粗暴，因为每个人都有属于自己的阶层，所以有多少人，就会存在多少社会阶层。这其中就有一个西装笔挺，散发出一股领导气质的男人，他坐在一张摆满了文件夹的桌子边上。文件上都是用高档水笔写的笔记和备注，上面还放着一只手机，打开的皮包则放在身边的椅子上。他应该是正在为一场重要的会议做准备，沉浸在一堆数据和论点中。然而，从之后的行动来看，他似乎并没有全神贯注：他看都不看一眼，就轻车熟路地从铁制纸巾盒里抽出一张餐巾纸。这动作看上去是那么驾轻就熟（他用食指轻轻一按便抽出了一张，几乎完全没有弄皱），好像他一生中对咖啡厅是如此熟悉一般。他以前也许是个销售员、医药代表或者流动小贩，每天都会在忙碌的工作中抽空到咖啡厅歇歇脚，顺便做个账。如果是这样的话，他在事业上算是更进了一步，只不过在这职业的飞跃中，总会保留一些那个已经被他摆脱的世界中留下的点点滴滴。他把水笔放在一边，也不再看他的文件，在短短几秒间就给了那个手中的纸小丑已散了架的小女孩折叠出精妙的新礼物。真是个令人惊奇的作品！这是一个咖啡杯，下边还带有托盘。相比之前那些作品，这件作品又是一个质的飞跃，踩在之前的那个小丑的肩膀上，完成了一次堪称完美的二次飞跃。包豪斯主义①的简约风格在这个作品中得到了完美的体现：在不打破仅使用折叠和展开来构造形象的规则的情况下，折出的曲线充分展现出了它的美学。另一个体现简约之美的地方是它仅用了一张纸就折叠出了两个东西：咖啡杯和托盘，它们通过这张纸紧密连接在一起。那个小女孩似乎还没有学会不好意思，不用叫她就自己开心地朝这个为她准备的新礼物跑了过去。又一个献给她的天真无邪的供品，她用笨拙的小手接过这个纸咖啡杯，脸上挂着胜利者的微笑跑向自己的母亲，而且这次还在途经的每张桌子前都停了一下，奋力踮起脚尖，把它和真正的咖啡杯摆在一起，让大家都能看到它们的相似程度。肯定有很多，甚至是所有的顾客都能看出这个高难度作品的成功。不过小女孩是个例外，对于她来说，这和给她一朵花或者一颗石子差不多，只是一位和蔼的男士表达的对她的喜爱而已，根本不需要去欣赏它。当她跑到母亲身边的时候，这个咖啡杯已经差不多快还原成一张餐巾纸了。而她的妈妈仍然在和朋友聊天，只是心不在焉地看了她一眼。从小女孩获得第一个礼物，并开启了之后这一串无限的连锁折纸的时候开始，她的妈妈就忽略了这一切，就像大人们通常会忽

①包豪斯（Bauhaus）是一种以简约而内敛为特色的现代主义艺术风格，来源于20世纪初德国著名的艺术与建筑学院国立包豪斯学校。

略正在玩着玩具的孩子们一样。没有人会迷失方向，因为孩子们从这一刻开始进入了自己的世界，一个高密度的、充满重复的世界。在咖啡厅中发生的就是这么一件事。小女孩成功地让自己在母亲面前隐身了，像一条小鱼在水中游动。

除此之外一切如常：6位服务生在各自负责的区域端着餐盘穿梭着，点单、送餐、结账；而顾客来来往往，有人进店，有人离开，有人打着招呼，有人相互告别，约会迟到的客人则怪罪着拥挤的交通。甚至那些给了小女孩折纸的顾客也很快回到自己的世界，不再理会周围的一切。然而折纸的连锁却没有间断，就像是小孩子的任性战胜了平凡的时光的流逝一样。一位穿着黄紫相间运动服，头发染成红色，正在喝茶的女士用一个微笑吸引了那个小女孩，并给了她才用餐巾纸制作出的新作品。这次的作品简直是大师级的，把这一连串质的飞跃又推上了一个更高的等级。这是一束纸折的花束，里面包括了小小的玫瑰、百合、剑兰、雏菊和康乃馨，用一朵菊花当作花环，还有蕨类作填充。所有这些都在这普通的餐巾纸上，通过几次精妙的折叠和展开生根发芽。所有的花都清晰可辨，细节简直做到了显微镜下的级别。唯一缺乏的是色彩，餐巾纸的白色让它们看上去略微有点瘆人。当然这质量上的飞跃本身对于小女孩来说是没有必要的，因为她只关心能不能获得礼物，质量上是进步还是退步都无所谓。而且这次飞跃进入了一个更精细的层次，因为这捧纸做的花束需要多看上两三眼才能看出其中的花朵，否则粗看上去差不多就只是一个皱巴巴的纸团。这种升级是在所难免的，在其他的领域，比如为生日或婚礼准备的礼物，或是献给神明的供品，也可能进入这个层次，最后发展成一个简单的小物品，或者甚至连实体都没有。然后人们就会面带一种饱含优越感的微笑，说着"心意到了就行"。的确心意很重要，尽管它很容易就会消失在一个礼物里，就像一个小一些的数字，比如843，在一个更大的数字（比如1000）面前毫无存在感一样。而且一旦消失，把它找回来的难度堪比中彩票头奖。小女孩手上挥舞着纸花束，开始像蜜蜂一样盘旋起来，像是通过某种信号在向全世界的小女孩发送这个花园的位置。而在她手中的这束花充分展现出了何为"昙花一现"：她还没有发送完她的信号，纤细的花束在她上蹿下跳的折腾下就已经散了架。反正她肯定不会为手里的这些寿命短暂的玩具的迅速解体而感到一丝惋惜。她执掌着更新换代的进程，这过程如电火花般迅速而不可预测，有时往这个方向，有时却转向另一边。散架的纸花束已经掉在了地上，等待着它的是被一双双鞋子踩过，而小女孩已经挂着她甜美的笑容跑去要礼物了。这次的礼物来自一张周围坐了4个年轻（其实不算年轻，大概算是老男孩）的，像是摇滚乐手或者摩托车手的男士的咖啡桌。其中的一位拿起一张餐巾纸折了又折（谁知道他是从哪儿学来的），折出了一个毕尔巴鄂的古根海姆博物馆的微型模型，外墙交织的曲面一块不差。小女孩熊孩子般地笑着，吵闹着，尖叫着，显然她对这个礼物很满意，即使她不知道它是什么也没关系，而且几乎可以肯定她不知道古根海姆博物馆是什么。小孩子总是有些难以捉摸的爱好，在这个年纪还有很多不理解的东西，对于这些东西孩子们除了"喜欢"也表达不出其他感觉。这种喜爱看似非常盲目，令人费解，不过这个世界不就是这样的吗？人们正是由此掌握了"喜爱"这种感觉。世界的不可理解性刻画出了一个个生命，并展示出了它们色彩斑斓的多样性。而这不可理解性来自于所有那些未知的事物；孩子们如此喜欢这个词，因为对他们来说，"未知"就是一个值得他们打开并沉浸于其中的东西。在他们长大之前，对未知的追求一直会存在着。出于年龄赋予的天马行空的想象力，小女孩像是进入了那座博物馆，穿过一间间当代艺术作品的展厅。对于学龄前儿童来说，千奇百怪的当代艺术显然属于未知的世界，在这个世界中无意义的东西与极复杂的东西互换了位置。然而用来折纸的几乎透明的餐巾纸实在太薄了，以至于这座建筑的结构平衡仅仅维持了一瞬间，就在小女孩笨拙的手指间解体。它那引以为傲的曲面外墙折叠成了任何建筑师，就连弗兰克·盖里[①]本人都想不出的角度。折叠、再折叠与展开汇聚于这一如几何学中一个点般的抽象空间内。

从这一点中产生了这么一个问题，为什么在这个下午时分，偌大的城市中的某一个咖啡厅里聚集了那么多熟练掌握折纸技术的人，并制作出了那么多不同风格的作品？这是奇迹般的偶然吗？或是没有什么目的的事先串通？或是一瞬间迸发的灵感？不过用折纸制作一个可辨识的物品不是一项需要长时间学习或者跑到远东地区修行才能掌握的技术。可能还有更值得令人惊愕的事情，比如在某一时刻某家咖啡厅中，恰好坐了20个专科医生，或者20个社会语言学家，他们有的独自坐着，有的两人相对，有的则是围坐在一起，然而互相之间互不认识，在这个时刻来这家咖啡厅的理由也各不相同之类的。在某一刻之前，折纸只是一个下意识的、自发的动作，不过只是在一开始，折那个小船或者纸飞机的时候。这种打发时间的活动总是惯性般地深入下去，当人们回顾起来时，会发现已经产生了质

---

①弗兰克·盖里（Frank Owen Gehry）为美国著名后现代主义与解构主义建筑师，他的作品包括了文中提到的毕尔巴鄂古根海姆博物馆。

变。问题就是这产生的原因。这个问题无法通过和其他活动，或者其他偶然组成的一组人或事物相比较而得到答案。这答案来自于"折叠"的本意，即时空的扭曲，而在时空中正产生着各种巧合。这些巧合造成了许多误解和争议，没有人能对此达成一致。这只是纯粹的偶然，还是必然的现实？统计学和历史学上两种互不相容的思想在此发生了碰撞。把纸折成特定形状的艺术应该源自于有人第一次发现，无论如何尝试也无法把一张纸对折九次，不管用多大或多薄的纸都是这样。在这大限之前，人们发现把一张纸折叠之后可以变得和世界上的某种其他东西形状相似。也就是说，折纸撞上了"九次"这堵大墙，然后转而成为了一种表现事物形象的艺术。在久远的原始时期，折纸的次数限制就已经存在，大概就是在人类文明的萌芽期，因为那时已经产生了数字。但是纸的发明是在人类历史的更晚时期，在那之前一张纸同样不能折九次，只不过还不存在纸罢了。而折纸对人类的影响在于，这些巧妙而生动的形象谁都可以做出来，用一句时髦的话讲就叫作"全民参与"，于是疑问就消失了。

　　折纸的连锁自然而然延续着，从最简单最普通的作品开始一次次地飞跃。小女孩的下一个礼物来自于一位梳着油光锃亮的鸡冠头，点了一个三明治配上啤酒的矮个男子。

在他的手中，一张餐巾纸蕴含着的可能性被展现得淋漓尽致。和第一个礼物一样，这也是一条纸船，不过它可不是仅仅有一个船的轮廓，而是一条插着旗帜的帆船。除此之外，还有船的龙骨下用纸折出的河面的波浪，以及河的两岸和岸上的房子、商铺、教堂、花园，甚至还有站在沿岸街道上向这条船挥手的人群。船上的水手们忙着操纵船只，而乘客则欣赏着风景，并朝岸边的人群还以致意。这些乘客们显然是一些上层人士，他们穿着十八世纪的华贵服饰，头戴假发，披着貂皮，缠着绶带。其中一位显然在发号施令，其庄严而异乎寻常般高大的形象揭示出了她女王的身份。还有一位和人群保持距离的男子，他和女王一样引人注目，穿着近卫军制服，戴着帽檐上插有羽毛的帽子，披着皮质披肩，剑插在腰带上。这张可怜的餐巾纸上的一处极其细微的折痕显示了他是一个独眼龙。这些细节已经足够辨认他以及整个场景，因为这个折纸作品体现的正是一段真实的历史。1786年陶里斯亲王波将金[①]，也是被称作俄罗斯帝国女皇叶卡捷琳娜二世的情人，完成了对克里米亚的征服和平定，并在次年邀请女皇出访克里米亚半岛，以及当时隶属于俄罗斯帝国的乌克兰。这是一次盛大的出

---

①格里戈里·亚历山德罗维奇·波将金（Григорий Александрович Потёмкин，1739—1791），俄罗斯帝国军人及政治家，曾率军吞并克里米亚汗国。

行，带上了所有的宫廷成员、外交官，数百名仆人，厨师、乐手、演员、剧作家，再加上移动剧场、起居室、图书馆，以及宠物们。每一段航程都会在当地行宫举行隆重的宴会，邀请所有当地名人和贵族出席。到达基辅后女皇一行留下了车马辎重改由水路继续行程：80条豪华装修的大船开始从第聂伯河顺流而下。这也是这件折纸作品中着重描绘的场景：女皇站在旗舰上，身边围着欧洲各国派遣的大使，而波将金（他在和同为女皇情人的奥洛夫兄弟打架时失去了一只眼睛）立于船头，确保这次壮观的出访都按照他的计划进行。事实上这一切都是由他所创造：沿河两岸那些繁荣的城市，正是他日以继夜地创造出来展示给女皇和随行人员看的①。一群群壮实的家畜都是特意从其他地方拉过来，而那些朝女皇欢呼着的农民其实全是他精挑细选出的手下。从日后外交官们发回的报告中可以看出，这些大使们都对这出喜剧将信将疑，不过也都对波将金在短短几个月里，从零创造出一个国家的行动力赞叹不已。从传奇的女皇到开朗的小女孩，这个跨度已经无法用任何东西来形容。这座小小的立体模型显然受到了漫不经心的对待，在交到小女孩手中的那一刻就开始了解体。当她漫无目的

---

① "波将金村"现已成为一个带有讽刺意味的词语，专指弄虚作假的面子工程。

地绕圈，展示完这个新的礼物，并最后回到她母亲所在的桌边时，它几乎已经彻底散架了：女皇已经沉在河水的波浪里，朝臣和大使们身不由己地一个倒在另一个身上，波将金头朝下站到了一座教堂的钟楼上，而整条船则变得像是一辆自行车。最后，这堆废墟重新变回了皱巴巴的餐巾纸，被扔去擦拭洒出的可口可乐，而小女孩已经跑向了咖啡厅的另一端。一位戴眼镜的年轻人把他的上网本暂时放到一边，也加入到了折纸的游戏中。他的作品是纸折的（如果说这张从铁盒里抽出来的，薄得几乎难以摸不到的廉价餐巾纸也能称之为"纸"的话）罗丹的《思想者》①。小女孩又用她特有的声音和微笑向他打了招呼，即使这个礼物看上去并不怎么适合她这个年纪的孩子。大概他并没有学过用纸折其他的东西，或者他也折过别的，但还是《思想者》折得最好，久而久之就只会折这个了。从他随身携带电脑办公来看，也可能是他想尽可能地节省纸张，以保护地球上的森林免遭破坏。如果说浪费这张餐巾纸是个例外，那一定是为了在这个流行于整间咖啡厅的折纸竞赛中保持优势，而且就为了节省一张无比轻薄的餐巾纸（而不参与到折纸中），这理由未免也显得过分夸张了一点。然

①也称《沉思者》，法国著名雕塑家罗丹（Auguste Rodin）的代表作品。

而还有其他的原因，而且和"思想者"本身息息相关。唯一的节约纸张的方法，就是让一切工作都通过思考来完成，集中精神（这也正是罗丹的伟大作品所呈现的），以省去中间的推理步骤，从而省下那些哲学家们用于推演的纸张。不过哲学思考之类的事情显然不在小女孩的理解范围内，她眼前的只不过是一个纸折的人形。她把它抱在怀里，哼唱着简化版的摇篮曲，穿过一张张桌子，而桌边的客人们也纷纷报以微笑。而在这些微笑中肯定带有一些嘲讽，发自于那些发现这个礼物，一个出现在错误的地点的艺术品，和小女孩是多么不搭调的人。

下一个给小女孩的折纸礼物（来自于一位神父，利用了和两位承包商商谈扩建所属教区施舍处的议程间歇）似乎刻意纠正了这种不协调感。这个作品回到了孩子的动物乐园和故事王国中，甚至还是一个会动的玩具。这位神父仍然只使用规定的材料（咖啡厅里的餐巾纸），通过十来次精巧的折叠，折出了一只袋鼠。它看上去是一只母袋鼠，因为在它的腹部探出了袋鼠宝宝的小脑袋。在把礼物交给小女孩之前，他先做了一个非常简洁的演示，无须用语言表达，只要动一动手：拉住袋鼠妈妈的长长的卷尾巴，袋鼠宝宝就会探出头来，然后再缩回袋子里去。神父的双手显然已经不是第一次拉纸袋鼠的尾巴；害羞的袋鼠宝宝的出现把小女孩逗乐了，于是她直接跑向母亲展示这个新礼物。不过半路上这个脆弱的小机关就已经在它的新主人笨拙的拉动下坏掉了。这作品是在暗示伟大的母性和在这世界的奇妙的边缘若隐若现的孩子吗？神父大概已经用质地和轻薄性都和餐巾纸差不多的无酵饼练习过了。事实上没人知道无酵饼长什么样，直到以它为主角的圣餐礼开始的那一刻。围绕着它的来源产生了不少传说，比如第十次折叠的传说什么的。已经没有时间修理那条藏着机关的袋鼠尾巴了，因为小女孩的母亲和她的朋友已经站了起来，张望着寻找女儿（她还没注意到女儿就在边上），然后拉起她的手准备离开。突然间她加快了脚步，因为她们已经聊了太久，聊了太多东西，聊到理发店都快关门了。在最后一刻小女孩放开了妈妈的手，跑了几步去接过了向她伸过来的一个东西。母亲撑着咖啡厅的门，很不耐烦地叫她走。然而直到她们走到人行道上，她才看见女儿手里正拿着一个用餐巾纸折出的多面体。

2011年6月13日

El Hornero

棕灶鸟

那些人类是怎么知道到喝马黛茶的时间的？这和下雨或放晴都没有什么关系，因为他们无论下不下雨都会喝马黛茶。他们的本能里包含了深不可测的智慧。

棕灶鸟①

　　这项研究起始于一个假设，假设人类的行为源自于一项严格基于本能的程序。这一程序始终贯彻于人类一生中的所有行为，即使是表面上最自由、最任性的行动也不例外。根据这个假设，人类"文化的自由"无非只是一个自欺欺人的善意谎言，而且它本身的出发点也是我们与生俱来的东西。这一点听上去危险而荒谬：人类生活中千姿百态的多样性，百花齐放的思想，以及任何脑海中瞬间闪现、变幻莫测的灵感，都似乎可以驳斥"一切都是预设好的"这种纯粹的猜测。对于一个人而言，这种假设就显得错误百出，那人与人之间，哪怕是最亲近的家庭成员之间，那些难以忽视的差异性又如何解释呢？然而这项假设中恰好

---

　　①棕灶鸟（hornero）是栖息于南美洲东部的一种大型鸟类，阿根廷将其奉为国鸟。

也提出了"差异性只是一个幻想",只要接受这个观点（我没说它很容易被接受），一切就会变得很简单：差异性的外衣将被剥去，显露出人类出于本能的、本质上的同一性。当然，我们没有必要摒弃差异性，因为没有必要为了"深层"的实质而牺牲"表面"上的差异，况且这实质本来就不存在。一切都存在于表面。但是，是什么妨碍了我们生命中无数微小的活动，思想、心愿、梦想、创造，以及自出生至死亡的每一秒发生的一切，被事先记录在我们的基因里，使得这个基于本能的程序，无法对于种群中的每个个体都一模一样？如今科学让我们习惯了比这更精密细致的计算机程序。人类早已对遵循一种自由的、高级的，以及"文化上"的因果律习以为常……但本能程序的假设一直以来都被使用着，但是出于偏执的严密性，仅用于动物的身上。

我不知道有没有办法说服任何人。这个观点过于震撼和武断，而且在某种程度上它自我矛盾：如果它没有存在于我们的内部程序中，我们怎么可能接受它？不过也许它是包括在程序里的，因为至少我想到了它，而且我不是第一个。可以确定的是，"说服"和"想象"一样包括在我们天生的能力之中。

人类传统上对于动物的认知要归功于想象。当然我不是说这些认知是错的。怎么说呢？让我们从表面上看，整个认知就可以翻转过来。为了展示这一点，我们想象一下某一种动物对于这个问题可能提出的论证。可能有人会说动物不会论证。我不介意换个词，这只是咬文嚼字罢了（而且我知道我表达得不好）。动物的"论证"是完全不同的东西，我们没有合适的名词来描述，就是因为我们总是处在问题的另一面上。让我们把寓言童话之类的都忘掉，忘记什么蚂蚁搬家啦，笨拙的熊啦，狐狸啦，乌鸦啦之类的。或者，比忘掉它们更好的是，让我们只保留最后的结论。不同于"想象"，我们可以称之为"翻译"，深层次的翻译。现在是时候翻译了，因为只有翻译才能触及自然／文化辩证法的深层。我认为举个例子可以帮助我更清楚地解释，不过前提是这不是传统意义上的例子，即从总体中随机抽取某一个体。我要举的例子就是总体本身，从头到尾都是总体。

让我们想象1895年，在布宜诺斯艾利斯省的一只棕灶鸟。为了方便对比，我们暂时仍保持人类视角。

棕灶鸟从秋季开始筑巢……在筑巢期间它的双眼也紧盯着人类……当球状的巢穴建起的时候……它找到了伴侣和食物，也就是地上爬的蠕虫之类……它装模作样地昂首阔步……它响亮而清脆的叫声中充满着激情……

到此为止！读者已经可以读出其中的味道了。这显然是人类，是某一位自然学家的话。和其他风格一样，它也将对象视作永久存在的东西。我们已经把动物的生命当成是各种风格的交汇，而在这过程中，我们自己的生命也成为了各种风格的交汇（所以我可以进行这么一项研究）。

这只棕灶鸟正在筑巢。为了保持一定的可信度，或者纯粹出于个人喜好，我们假设这是秋天。广阔的原野中的下午。5点钟的大雨。1895年的4月16日。让我们再用一次自然学家的话：在筑巢期间它的双眼也紧盯着人类（在自然学家眼里，这就可以解释为什么棕灶鸟的鸟巢入口总是对着附近的房子，农舍或者马路）。在它冗长的业余时间里，这只棕灶鸟在想……

但是这可能吗？有可能沿着这条思路，最后不落到迪斯尼世界去吗？"翻译"是不是走得太远了？作为一种让我们能够理解的方式，可以接受用"想"这个词来翻译，来指代动物大脑或者神经系统的运作，或者更准确地说，是动物一生的经历。但是我们可以接受这"思考"的内容吗？即使接受我所说的它的"思考"，能承认我所说的它正在"想"的内容吗？我觉得可以。因为这其实是一样的。

所以说，它在想的是什么？什么都没有。它的大脑中其实一片空白。只不过是疲劳和焦虑（这些词同样是拿来作为翻译的，之后我所说的也都一样。这是我最后一次强调这一点）让它呆若木鸡而已。

把它的思想从"棕灶鸟语"翻译过来，就是它觉得它自己的生活被一系列的灾难压垮了。那么多工作，那么多痛苦，那么多义务！一切都是不确定的，它总是在做选择，却从来不知道选得对不对……它唯一确定的事却夺去了它仅剩的一丝安慰，那就是它知道以前有一条正确的道路，一种把事情都搞定，一种能获得幸福的方法。然而它永远都不会走上那条路，或者说即使走上去，也会在第一个岔路口选择错误的方向。它之所以能确定，是因为在它的视线中，人类总是出现在它面前。现在我再举个例子：雨停之后，有一家人出门走到了门廊上，喝着马黛茶①。棕灶鸟羡慕他们，因为在它看来，除了它们自己这个不幸的物种之外，其余的人类也好动物也罢，都具有决定其行动的本能。它颤抖着，看着那一家人泡茶，传递茶壶，看着这场器具、语言、神态和动作交织着的复杂仪式……人类的本能多么惊人啊！他们可以不经犹豫，不经思考，不用考虑对错，不用刻意为之，就能跳出一段错综复杂的芭蕾（以及许许多多其他事：它一直以来见得多了），因为这一

---

①马黛茶（mate）是产于南美洲的草本茶，在阿根廷、巴拉圭、乌拉圭和巴西各地盛行。

切从太古时代起，就已经刻在人类这种幸福物种的基因里。然而它自己……或者说棕灶鸟们，光是获得生存的技能就让它们付出了大量耗费本能的代价。虽说抱怨也没用，甚至有些不领情，但它还是觉得它已经失去了太多。这就是人类告诉他的东西。人类活着，而且事先就知道如何活着。而棕灶鸟只能任由反复无常的想法和精神状态，无限消磨着的意志，甚至是气候和历史所摆布。

那些人类是怎么知道到了喝马黛茶的时间的？这和下雨或放晴都没有什么关系，因为他们无论下不下雨都会喝马黛茶。他们的本能里包含了深不可测的智慧。这些混蛋多享受啊！而且他们的本能里还包括了在商店买马黛茶叶，在厨房里烧热水，在床上睡午觉……他们简直十全十美，堪称精巧的生活机器。这一切给饱受折磨的不幸的棕灶鸟上了一课。但是，如果大自然没有像对待其他物种一样，赋予这种可怜的物种可以称之为"天赋"的东西的话，它又能做什么呢？哀叹这一切，哀叹物种进化发生了偏差，让棕灶鸟偏离了安全适应自然的道路是毫无意义的……也许解决方法是继续前进，在这条路上走到尽头，直到一切恢复正轨……不，这也没用，而且还危险；让事情变得更糟不是个好办法。

它的感觉越来越糟糕。它感到了眩晕，眼前天旋地转。在离地6米高的朴树的树杈上，它到底在干什么呢？
棕灶鸟主要生活在地上，所以这高度让它很不舒服。但是
这时它却无法下来，因为正有一只凶神恶煞、饥肠辘辘的
大老鼠在树根边绕着圈。只要下一两滴雨就能让它的老鼠
洞淹大水，把它逼疯，逼得充满攻击性。当然棕灶鸟可以
飞向远处，随便找个地方降落下来散个步，至少能缓解一
些心中的烦躁不安。不过这也只是权宜之计，之后它还得
回来……况且现在四处都是水坑，它能找到什么可以落脚
的地方呢？还不如站在原地，尝试自己控制眩晕的症状。
而且它还得等着它下雨前就出门的伴侣[①]。谁知道它跑哪
去了，一会儿回来的时候肯定浑身泥泞地发着牢骚，还不
得不在这雨后的废墟中，湿漉漉外加饥肠辘辘地睡觉……
它回头看了看建造到一半的鸟巢。精神上的摇摆不定加重
了生理上的眩晕，使它差一点就像颗石子那样自由落体下
去。这场凶残的雨下得太不是时候。雨停的时候正好也到
了它平日里惯常的收工时间，又给它留下了一个充斥在它
悲剧一生中的两难选择。当太阳从云层中钻出来时，离日
落至少还有两个小时。开始工作不是一瞬间的事，它需要
一些时间来搭建装置，以便运送材料和搅拌等。两个小时

---

①棕灶鸟遵守一夫一妻制，伴侣一同筑巢生活，关系可伴随其一生。

不算很短，足以搭建个几厘米，大概可以修复早上刚搭建起来的，随即又被雨水摧毁的工程。但是它已经浪费了一小时观察人类，沉浸在悲观的情绪中。所以现在还值不值得开工？土质现在应该还太过松软，好在材料有很多……它工作的动力已经没了，但与此同时它又对什么都不做抱有罪恶感。然而，在太阳落山前的这点时间里它能做什么？如果什么也不做，它只会继续消沉下去。最后还是"不做"占了上风。一天就这么浪费了。

鸟巢已经造好了一半。然而还不能称之为鸟巢，顶多就是用泥糊出的折纸。它决定，明天一大早就开工。或者现在做些什么？剩下的时间肯定比感觉上的要长，雨后的白日总是会持续得更久一些。到头来……还是明天吧。至少可以自我安慰说明天肯定是个好天气。云都已经飘走了，整个天空中万里无云。

在棕灶鸟眼里，它创造的艺术品只是一堆无用的结构的堆砌，只不过恰好起到了某种功能罢了。它大概拿人类当作例子，和人类多功能、自动化，以及千篇一律的房屋做比较：围墙、屋顶、开放空间，控制进进出出的装置……他们真不用为建筑而操心啊！他们想造就能造，造起来都一样，都可以永远屹立不倒。比如说选址吧，他们无比准确的直觉（就是凭本能）使他们总能把房子盖在平地上，紧贴着地表，牢牢固定在地面上。他们都不用选址，大自然已经为他们选好了。然而棕灶鸟却总是被一些不可预知的因素所左右：一根柱子，一棵树，房顶，屋檐，离地5米，7米，15米……还有需要决定用哪一种泥土，其中草或者马鬃毛的比例是多少……这一切都没有一个固定的标准（至少它自己是这么看的）。还有天灾！就比如说今天的雨，它任由周围环境的摆布，任何微小的细节都能改变一切，一件小事造成的后果就能伴随终身，这些事情混杂在一起简直让它活不下去。而人类和世界上其他任何物种一样，都有自己的办法把突发事件消化掉。合理构建的、充满活力的本能使他们可以随机应变创造新环境来抵消偶然的影响。但是它不行！所有生物里就只有它不行！大概是因为它和其他棕灶鸟一样都是单独的个体，而人类是一个种群。种群完全建立在必然之上，而个体则像是空中的浮云，身处令人头晕目眩的偶然之中。

不过作为一个例外，棕灶鸟有没有自己的长处？难道不应该有一些吗？在深不见底的沮丧中，它对自己说，当你付出了什么，总是会得到一些东西作为回报。它所属的"被诅咒的物种"已经付出了极其高昂的代价：一代接着一代，它们已经失去了无忧无虑的平静生活，无法沉浸在大自然体系的幸福中。这样的付出决不可能没有回报。它肯定有一些优势；事实上它的确有巨大的、决定性的优势。总结起来就两个字：自由。它有自由。只要享受自由就足够了。

"要是真那么容易就好了！"它垂死挣扎着的内心深处发出了这样的呐喊。然后它抬起头，用充满痛苦的双眼望着这世界写着"自由"二字的地方：天空。空荡的穹顶下显出了一道彩虹。从它的角度看上去彩虹有一些倾斜，斜穿了整个天空，显得更加巨大，更令人望而生畏。它感受到了"诗学"，"哲学"，"美学"和"精神"（这些术语也是我"翻译"的，我相信可以理解）上的共鸣。与此同时，也望着彩虹的人类，看到的只是一个简单的气象学现象，一个简单的存在。而在彩虹的背后，是粉红色的黄昏。

"我明白了！"这个"不幸的可怜虫"兴奋了起来。自由！飞翔于世界之上，甚至穿越于世界之间的无限的自由！这是人类所没有的东西！他们自打一出生就受制于一成不变的本能，随后的一生都只是盲目地遵循着自己的本性。然而棕灶鸟却能够沿着充满无限可能性的道路前进。

但是这条道路太虚无缥缈了。它现在的状态就像是过早衰老一样，努力生活下去的动力正在不断地衰竭，这一切都说明，"自由"只是它自己想多了。事实上，自由应该被重新定义，在这个新定义中它的自由就变得站不住脚了。

依靠未受污染的本能生存的物种，比如人类，在更高层次的意义上是自由的。"本能的奴隶"？我同意，不过"本能"本身也应该重新定义。如果本能等同于可靠，等同于幸福，那什么才是更大的自由呢？一切其余的东西都只是欢迎大家。他们不会失去任何东西。

在门廊上的人们已经喝完了马黛茶，因为水已经凉了，因为茶叶已经泡不出味道了，因为他们已经满足了……总结起来一句话：因为掌管着一切因素的宏大的定律是这么说的。整个宇宙展现出了谦卑和温顺，像上帝一样倾听他们，遵循他们，为他们服务，能摧毁和掌控万物的时间在永恒的简单生活之前放慢了脚步。他们安静而感性，远离迷茫和心灵上的折磨，确信不疑地经历着生命的缓慢流逝，寻找配偶，繁衍后代，迈向死亡。对死亡也是如此态度：他们会说"人死了就像睡上一觉，可能还会做个梦"。他们无所畏惧……而且他们也有"共鸣"。当看着现在这粉红和紫色交织的天空，闪亮的原野，在空气卷起的小旋涡中停滞的时间，他们也能感到形而上学、诗学、美学和精神上的共鸣，而且比棕灶鸟更敏感，因为他们看到的是没有戴着面纱的真实！如果它打算模仿他们，一定会徒劳无功，就像有几次它曾经尝试过的那样：又是一项不受自己意识控制的肆意妄为，又是一次注定结局是失败的行动，又是一件在不断尝试中消耗自己精力的事情。

现在那些人在说话。他们总是在说话，平静而自信地窃窃私语。这又刺激到了棕灶鸟。即使这并不重要（对我们人类而言语言是很重要，但对棕灶鸟并不是；这一点就说明了我们不应该急于进行双向翻译：对应虽然是完全的，但不是对称的），但它还是感到特别痛苦。从人类喉咙中发出的声音是简洁可控的，具有独特的功能性；而棕灶鸟的声音，或者称为歌唱，叽叽喳喳的，像是涂鸦一般，杂乱无章地混合了功能性和无功能性，有意义和无意义，以及现实和美学中的概念。人类则没有这方面的问题，因为本能为他们提供了便利：从出生或者出生后不久（在人的生命的头一年，天赋降临之后），人类就把一切含义储存在了语言里，其他所有的东西都是次要的、无意义的。与此不同的是，对棕灶鸟来说，含义被分散到一千种不同的心电感应中，而歌唱则是没有具体界限的一种美学，可以用于这样或者那样的事，也可以没有任何用处。它可能是为爱情而歌唱，也可能只是打了个嗝，或者只是想发出声音，或者是因为歌唱的时间到了……和它身上的其他东西一样，它的歌唱也取决于意识中无法预知的波动，取决于自由的过量，或者过量的自由。

夜幕降临在了神圣的潘帕斯草原上。这只小鸟像自己未完工的房子前的一抹泥土般沉默无言，继续沉浸在自己的苦恼中，沉浸在对它眼中其他物种的真实的生活的向往里。我不知道我是否可以解释明白，但即使我解释清楚了，也可能无法使人信服。我所写的不过是提出一个反证，作为启发而不是作为结论。这个方法本身是可以反驳的：毕竟这些文字都是出于人类之手。但是，除了证明人类拥有一项能让他们写作的本能之外，这又能证明什么呢？没有这项本能，人类还能写作吗？为什么一只鸟无法写作？这正是因为它拥有了太多的自由，它可以写也可以不写，但它无法万无一失地将其转化为行动，它不像人类一样拥有一套使其可以轻松自然地写作的程序。从时间的起源开始，写下这几页的这个动作就已经存在于我的基因所携带的天赋之中。因此，我可以很快地写完，不经犹豫，不用修改，就像呼吸和睡觉一般自然。人类这项魔幻般的能力（从棕灶鸟的角度上看来），和使棕灶鸟的一切工作都变得无比艰难的罪魁祸首之间，横亘着一道深渊。

1994年5月8日

第十篇

El Todo que Surca la Nada
划过虚无的一切

在门廊的尽头处，紧闭的大门前，一个幽灵飘荡在半空中。刚才那个让我意识到他的存在的轻微移动，应该只是我的一个寒颤，然后他又恢复到了纹丝不动的状态。他看着我，我看着他。

划过虚无的一切

　　健身房里有两位一直在聊着天的女士：她们总是聊个不停，虽然有时也和其他人说几句。她们大概是当了一辈子的好朋友，以至于浑身上下都散发着相同的气质：染着同样的金发，穿着一样的衣服，有着相同的反应和品位，甚至连声音都非常近似。她们看上去已到中年，大概有五十来岁。两人相约去健身房锻炼，因为她们都不会独自去那里。不过，从她们保持良好的纤细身材来看，这两个人并不需要额外的体育锻炼。作为市井女人，她们除了喋喋不休之外没有什么特别之处，当然这挺正常的。健身房其实也并不是她们必需的聊天场所，因为她们在去健身房之前，早就已经开始聊了，或者说她们是一边聊天一边到达健身房的。那时我正在入口附近的一辆单车上锻炼，因此听到了她们上楼的声音。从在更衣室换衣服，到在单车、跑步机或者器械上训练，她们的闲聊在这整个过程中持续不断，甚至在她们离开健身房的时候也还未停止。我不是唯一一个注意到她们的人。

当我还在男更衣室的时候，就听到了她们在女更衣室里絮絮叨叨，那时我问教练："那两个人怎么那么能聊？"教练点了点头，扬起了眉毛："她们真可怕。你听到她们聊天的内容了吗？"

我并没有听见她们聊了什么，虽然这也并不是很难听清，因为她们的声音清晰响亮，就仿佛完全没有秘密和隐私一样。她们就是市井妇女的典型：作为妻子，作为母亲，作为家庭主妇。她们和其他女人一样，对自己的代表性很有信心。

几年前在另一家健身房里，我也见过这样的情况，不过倒也不是完全相同。那时候也有两个女人，即使是在做高强度有氧运动的情况下，也仍然可以说个不停。当然了，她们年纪轻轻，肺活量应该都还不错。有次她们面对面坐在垫子上，一边屏住呼吸拉伸腹部，一边叽叽喳喳说个不停。我指着远处的她们，向教练询问，教练给她们找了个理由："那俩人是很好的朋友，但是整天都在工作，只有现在才能聚在一起"。现在的情况和当时不一样，因为这两个女人显然整天都泡在一起：之前在社区里，我已经看到过她们一起出门购物，不管是盯着商店的橱窗还是坐在咖啡厅里的时候，她们总是在聊天，聊天，聊天。

直到有一天，偶然之间（肯定是因为她们骑的单车正好在我边上），我听到了她们说的内容。我已经记不得具体细节，但是我仍然记得当时我对聊天内容产生了一种奇怪的印象。我无法清楚地解释这种违和感，不过在某种潜意识里，或者在不情愿的情绪之下（我自己究竟关心的是什么?），我一定可以把这种感觉解释清楚。

在这里我应该自我澄清一下，我本人很不喜欢说话，而且自己都觉得自己说得太少，以至于影响了我的社交生活。我并没有表达上的问题，也不是像其他所有人一样，难以用语言描述一些复杂问题。甚至对于我来说，难以描述的问题比其他人更少，因为我长期浸润在文学中，运用语言的能力高于平均水平。但我并没有聊天的天赋，而且掌握这种能力对我来说也没有什么意义。我说话的风格是"抽风式"的（某人曾把它描述为"挖坑式"）。每一句话都会留一些坑，需要用之后的新对话来填满。我无法保持话语的连贯性。简单来说，我只在需要说话的时候说话。这或许是因为我过于重视谈的话题（极有可能来源于长期和文学打交道），故而对我来说，说话的意义不仅仅在于"说话"本身，更在于"说什么内容"。花费精力衡量话题的价值损害了对话的同步性，换句话说，如果说话时总是考虑"值不值得说"，那就不值得再说下去了。我很羡慕那些可以愉快地开始聊天，并把它持续下去的人。我羡慕他们是因为我从他们身上看到了人与人之间充满信任的接触，我自己则像是哑巴一样被排除在这充满活力的世界之外。我问自己："但是，她们在说什么呢？"然而这本身就是个错误的问题，我和身边的人之间生涩而不愉快的接触，也都归咎于这个错误。蓦然回首，大多数错过的机会，以及从孤独中萌生的忧伤，都来源于此。随着时间的推移我更确信这是一种缺陷，无论是我事业上的成功，还是"内在的富足"，都无法将它弥补。我一直无法弄明白那些健谈之人的秘密：从哪里可以找到话题？如今我甚至都已不再问自己这个问题，大概是因为我知道问了也不会有回答。我没有问那两个女人，但却得到了答案，这令我大吃一惊，像是地狱之门在我面前打开了一般。

突然间，在那不间断的聊天中，其中一个女人对另一个说："医生把分析报告给我老公看了，他得了癌症，所以我们正在预约肿瘤科医生……"我听到了这句话，然后开始了思考。当然，我一开始以为我听错了，但事实不是那样。我不知道我是否复述得一字不差，但这的确是其中一个女人所表达的意思，而她的朋友也带着应有的关心和同情回答了她，但是没有表现出过分的惊讶，比如尖叫或昏倒之类的。这个消息的确算是一颗重磅炸弹，至少在她们聊的那么多话题中，它具有足以打断整个对话的威力。不过我确定她们俩在健身房待了一个小时，而且整个过程中聊天从未间断。更何况，她们本就是一起来的，即聊天在她们抵达健身房之前就开始了……大概是在聊到这个之前她们已经聊过十个、二十个，甚至三十个话题了？我想到了一些理由：也许这个女人故意保留了这件最重要的事情，以便在某个时刻像一颗炸弹一样扔出来；也许她之前是在积攒把这件事告诉朋友的勇气；也许某种矜持让她把这个话题留到了最后。甚至可能是这个话题并不是很重要，比如虽然她说的是"我老公"（出于习惯而已），但其实指的是早已分手多年的前夫，她早已对他没有任何感情可言。还有更多更大胆、更充满想象力的解释，比如假设她们正在谈论的其实是小说或者剧本里的情节（她们就像一起去健身那样，共同去参加某个文学沙龙）；或者正在描述自己的梦境，只不过没有正确地使用动词的时态；或者其他什么理由。比这些假设的可能性更低的是，从她们今天早上，也就是两三个小时之前碰头时开始，她们聊的都是比自己丈夫患上癌症更重要、更紧迫的事，因此这件事仅仅是在最合适的时机被提起而已。荒谬的是，这种可能性最低的假设最后反而是最现实、最符合逻辑的，或者说是唯一能站得住脚的。

在这思考的过程中，我回想起了之前某次，我听到的她们的聊天内容，以及由此产生的微妙的违和感。现在我终于可以聚焦当时的情景，并解释为什么我会产生这种奇怪的感觉了。其实那次和现在是相同的情况，只不过为了完整地回忆起来，我必须重复一遍。当时她们说的是（现在我已经完全想起来了）一个不太能令人震惊的消息：其中一位告诉朋友，前一天她家里开始粉刷墙壁，故而所有家具都用旧床单盖了起来，粉刷匠进门总是会把家里搞得一团糟；她的朋友安慰了她，并回答说尽管有那么多难以言说的麻烦，但重新粉刷房子总是必要的，毕竟你没法继续住在墙面剥落的破房子里，等等等等。之前我无法理解的是，这个话题如此贴近家庭主妇的生活，为什么没有在一开始就谈起，而是被插在了聊天的中间，更别说我其实觉得，这件事应该在几天前就聊到了。现在丈夫患癌症这件事让我睁开了迷茫的双眼，因为显然它更具有震撼力，但却得到了和粉刷墙壁一样的对待。

从此以后，我开始集中注意地听她们聊天，而这不管从生理上，还是从心理上来说，都不是件容易的事。首先，最主要的困难在于，健身房本就是个嘈杂的场所：健身器械上的铁质砝码发出的撞击声，滑轮之间吱吱呀呀的摩擦声，控制活动量的灯每隔十五秒响起的尖锐哨声，跑步机的马达运转时的刺耳噪音，好几辆单车同时运转产生的震耳欲聋的大合唱，再加上所有人不是在说话就是在吼叫，而且电视机还以最高的音量播放着音乐录影带。更有甚者，有的有氧运动课程教室里传来的更高分贝的音乐，像是要把玻璃窗震碎一般。那两个女人就像我之前提到的那样，非常大声地说话，并不担心被其他人听见。事实上，听到她们在说话很简单，但是听清她们在聊的内容不那么容易，除非离得很近。我的训练计划中，有很多项目能给我接近她们的机会，当然我也不能靠近她们太久，以免引起怀疑。

即便如此，我所能听到的内容已经足以滋长我心中的困惑。无论是什么时候，抵达时，离开时，训练中，在更衣室里，在按摩床上，她们总是在传递着重要的信息，并以足够的热情讨论着这些话题。如果有一天，我把偷偷接近她们的机会利用到极致，两次、三次甚至四次地听到她们的聊天内容，我就能发现，这些其实都是非常重要的新闻，重要到我无法想象，她们怎么会在聊了几个小时之后才想到要提起这个话题，除非她们这几个小时都在聊这个话题。"昨晚的暴风雨刮倒了我家背后的树，它倒下来后把厨房压碎了""昨天我们的车被偷了""明天我儿子结婚"

"我妈妈去世了",诸如此类。

这些话题不能算闲聊,绝对不算。但事实上我不知道"闲聊"到底指什么;我曾经以为我知道,但现在我却开始怀疑它的存在;如果说可以从这两个女人的例子延伸出去,那么"当人们开口说话时,是因为他们有话要说,或者说是有值得说的要说"这一点可能就是成立的。我开始怀疑自己"为说话而说话"的习惯,怀疑这是不是我为了掩盖自己的缺陷(实际上是缺少可聊的话题)而发明出来的概念。

或者事实恰恰相反呢?如果说这两个女人才是我自己创造出来的故事呢?除了她们的存在这一点是真的以外。当然她们是存在着的,因为我每天都能看到(以及听到)她们。而且不仅是在健身房的"磁场"里,像我之前提到的那样,我在大街上也能看到她们,听到她们说话。就在昨天傍晚我出门散步时,我刚好碰到她们,当时她们一边颇有兴致地聊着天一边从香水店里出来。当我们擦肩而过时,我听到了一些话。其中一位告诉朋友她前一天和女儿吵了一架,最后她女儿决定要搬走自己住……当时是傍晚7点整,她们已经聊了一整天了(早上她们在健身房)。她们肯定不可能是"为了我"才说这些话的,因为如果是那样,这就成了一出太过复杂的恶作剧,况且她们根本没有,也没必要注意到我的存在。

对我的疑问的回答可以是一张列表，上面罗列着每日谈论的所有话题，按照重要性排列（降序，一种基本的、合理的方式）。要做这件事我有着得天独厚的条件，因为自一大早在健身房起，我就在她们边上，足足两小时……但我没有这么做，也不会这么做。刚才我已经提到了实际操作上的困难，我也说过同样存在心理上的原因。这些心理上的原因归根结底就是一个词：恐惧。在某种程度上来说，是近乎疯狂的恐惧。

布宜诺斯艾利斯市里有一项规定：出租车禁止运输宠物。和这个国家所有其他的法律法规一样，这条规定既是死的又是活的。如果一位女士求出租车司机让她的小宠物狗上车，司机百分之百会让它上，毕竟司机也要吃饭。不过规定一直是有效力的，并在司机的心中施加了无形的压力，使他必须低调行事。有一个经久不衰的都市传说，说有天一位女子带着一只狨猴上了出租车。她把猴子伪装成婴儿，婴儿装、婴儿鞋、尿布和奶嘴一应俱全。司机一时没有识破她的伪装，直到猴子咬掉了他的半只耳朵。作为市井中的一个满腹牢骚的方向盘奴隶，他最多也只能说："多可怜的女人，孩子丑成这样"。

有一次有人跟我说，甚至连山羊都能塞进出租车。不需要什么额外的手续，只要保证让它平躺在地上，然后塞给司机一点小费就行。如此松懈的态度让"遵守独立法规"变成了可以讨价还价的事情。然而荒唐的是，出租车司机居然会拒绝乘客携带植物上车。虽然这听上去不可思议，但是确实是真的，随便哪个人都可以去证实一下。而且我说的不是一棵树或者是周长六米的杜鹃花簇什么的，而是随便一株放在花盆或者袋子里的小型植物，比如牛至啦，长在一块老树皮上的兰花啦，盆景啦之类的。

司机也可以变得不通情理，只要他们愿意的话。抗议也好，据理力争也罢，都没有用，因为司机们觉得自己是法的化身，然后抛下带着植物的乘客扬长而去，不管乘客是老年人，还是带着几个小孩的孕妇或者残疾人，甚至在下雨天都一样。当然法律法规里其实没有关于禁止乘客携带植物的规定，只有关于动物的，因此把禁令扩展到植物上，显然是毫无道理的滥用权利。

但事实就是这样，世界的现状和它本该有的面貌交织在一起。虽然它们之间相互矛盾，但它们的确同时存在着。同样的"共时交错"，在我们试图回答下面这个问题的时候显得更加清晰：布宜诺斯艾利斯有多少辆出租车？

肯定有许多，只要出个门，去街上看看就知道了。如果有人想知道具体的数字，可以去问，或者自己去调查，甚至可以去调阅全市机动车登记注册信息，我觉得这些信息应该是对公众开放的。但是也可以不通过询问（一句话都不用说），甚至不用离开写字台就可以计算出答案，只要通过一件众所周知的事情来推算就行。

每隔一段时间，事实上相当频繁地，你就可以在报刊上读到某位诚实的出租车司机捡到遗忘在车里的、装有十万美金的公文包，然后通过或简单或复杂的寻找过程找到了失主，将钱物归原主这样的好人好事。这算是条经典的新闻，钱的数目或多或少，不过总归是一个足以解决一位出租车司机，或者一位中产阶级读者，一切生活上的问题的数目；由此产生了故事情节中的冲突，即为诚实所需要付出的过高的代价。现在假设，在布宜诺斯艾利斯这种事情一年仅发生一次（为了提高计算的可信度，我先假设一个最小的数字）。

现在，考虑到街上所有处于载客状态的出租车，我们可以开始问这样一个问题：其中有多少辆车正在运送携带装有十万美金现钞的公文包的乘客？答案肯定是非常少。如今支票、银行汇票、信用卡以及电子转账等操作的普及程度，已然让运输大额现金变得不合时宜了。我从没携带过如此多的现钞去坐出租车（或者去任何地方），在我认识的人里，也没有干过这种事的，但是应当承认还是有人真的会这么做的。不考虑违法犯罪行为，这个人可能是某些薪水仍用现金发放的大公司的员工，或者是为了进行房地产交易，又或者是为了投资股票，反正这些不是我应该考虑的。让我们再次做一个最保守的假设，假设至少一千名出租车乘客中有一个人带着那么多钱。

在这个相当小的范围内，我们考虑会有多少乘客提着装有十万美金的公文包去坐出租车，而且还把钱忘在了车上。如果是我的话，不管钱是属于我的还是其他人的，我都不会忘记（不知道这两种情况中，哪种会使我更加小心翼翼）。一个人要走神到什么程度才能干出这种事。不管怎么否认，当今社会中没有人会对钱无动于衷，尤其是当涉及巨大的数目的时候。因此，我们可以按照每一千名携带装有十万美金的公文包的出租车乘客中仅有一人会把钱忘在车上来计算。也许不止一个人，出于"怕什么来什么"这种众人皆知的心理学定律。即使我的假设夸张了一些，也能和之前的保守估计相互抵消。

然后，在这个缩得更小的范围内，我们可以计算出，在这些有乘客遗留下大量的现金的出租车里，有多少司机能够展现出至高无上的诚信，去找出失主并把钱还给人家。这次的计算更加微妙，而且我认为，结果会因每个人对于人类本性的不同看法而有所变化。有些人会认为，不可能有人如此诚实；也有其他人觉得这种看法只是纸上谈兵，当在现实生活中真的遇到这样棘手的状况时，更多人会选择听从内心的良知。我自己并不知道如何去考虑这个问题，因为我从来没有经历过这样的选择，也从来没有面对过这样的考验。

我现在只是纯粹地用统计学原理来计算一种可能性，我不知道如果现实中发生这样的情况，我自己将会如何选择。需要同时考虑进去的是，诚信（我尽可能地相信自己的诚信）同样只是抽象的概念。没有人是出于自愿而去当出租车司机的，至少不会有人自愿去干一辈子。这是个很费力气的工作，而且那十万美金如今差不多抵得上开二十年出租车赚的钱。考虑到正反两边的因素，我假设在面对这样的两难选择时，平均每一千名出租车司机中有1个人会归还那只公文包，剩下的999名司机都会把它占为己有。

通过以上这些数据，我们就可以反过来推算出，需要多少辆出租车才能至少产生一件"诚实的出租车司机归还了乘客遗忘在车上的十万美金"的案例。由于这种案例事实上的确以一个相当高的频率发生着，因此最后的结果是十亿（1000乘1000乘1000）。

于是，我们得到了一开始那个问题的答案：布宜诺斯艾利斯市里存在着十亿辆出租车。或者说，存在（这是通

过无可挑剔的计算得出的）而又不存在（一座一千万人口
的城市中怎么可能有十亿辆出租车?）。两者是同时成立的。

　　我用这个表面上，也仅仅是表面上矛盾的结论来总结
我去坦迪尔①的旅程中（我是下午抵达的）写下的笔记。
在开始记下我在这座美丽的小山城中的停留之前，我简短
地概括了一下我去那里的原因。

　　我的祖母上星期过了八十五岁的生日。她依然健康、
开朗、乐观、可爱、思路清晰，仅有的问题只是些无伤大
雅的、老年人的健忘症罢了。事实上，她是第一个笑话自
己的健忘的人，当她把这个消息告诉全家人的时候，大家
也一起笑了起来。她就是我们全家的中心和精神支柱，而
且这核心地位不仅来源于这些嘻嘻哈哈的事情。她强大的
内心是我们都不具备的，而这支持着我们活下去。我们曾
经多次问自己，像她那样生活如此丰富的人，怎么可能培
养出活得那么有气无力的后代？她的后两代人都是如此
（她的子女和孙辈们），恐怕再往下一代也是这样，大家都
缺乏生命力。当我们感到无能为力，或是找不到继续前进
的希望时，她就像是一口永不枯竭的泉眼那般，让我们从
她那里汲取动力。我们害怕去想，当她不在了之后，我们

------

　　①坦迪尔（Tandil）是阿根廷布宜诺斯艾利斯省内的一座城市，距离首都375公
里，拥有超过十万人口。

将会变成什么样子。

很容易想象得到，在每年我们庆祝她生日的时候，欢乐中夹杂着的恐惧。她庆祝八十大寿时举办了一场盛大的聚会，所有的亲属全都到场，像是在展现某种我们对她的依赖的仪式。从那年开始，我们开始感觉到，危险的倒计时已经开始了。今年八十五岁的生日，她也举行了特别的庆祝。虽然大家嘴上没有说什么，但心里都在反复地计算着。不过，看到她状况依然如此良好，我们觉得她再活个十年也并不是个夸张的估计。为什么不能这么估计呢？如今活到九十五岁也不算是件不可能的事。即使考虑到她自然的衰老，十年也是个相当可观的时间，大概足以让我们找到属于我们自己的道路和幸福，不再需要她为我们注入活力，以维持我们现在看似人类的生活。

在祖母生日的前一天，我的一个姑姑问她，是不是要用她的岁数作为彩票的数字。她故意犹豫了一会儿，然后亲戚们坚持说："不是每一天你都能过八十五岁生日！"的确是这样，而且我祖母本来就是个铁杆彩迷，不会遗漏身边任何一个数字。有一次她被车撞倒，但即使是在这样的飞来横祸中，她仍然可以忍着疼痛记下了车牌号码的最后两位数字，在被推进手术室之前让她的一个儿子去买彩票，然后真的中了。接下来的两个月里，她拖着打着石膏的腿到处给人讲这个故事。

因此，在生日的前一天，当她像往常一样在社区里买东西的时候，她跑到了一家投注站去买彩票。在那边她算是个名人，一个最受欢迎的顾客，他们总是和她开着玩笑。我祖母和往常一样健谈，告诉他们她马上要过生日了，所以想要用自己的年龄作为两个投注的数字。卖彩票的店员祝她生日快乐，并觉得这是个好主意，于是和平时一样拿出一张彩票开始填写。"所以说，是哪个数字？"

"58。"我祖母说。

她不是在开玩笑，只是脑海中发生了小小的错位，调换了两个数字的顺序。彩票店员向她确认了好几次；一开始他以为我祖母是在开玩笑，于是朝她发出了一个"我懂的"的微笑，然而却没有得到回应：她坚持重复着"58"，对这个数字深信不疑。她拿起彩票走了，直到在回家的路上，她把彩票塞进菜篮子里，夹在两只苹果中间时（这是她习惯的放彩票的地方，似乎具有某种神奇的力量），才发现了这个错误。第二天在生日宴会上，她用惯常的开朗的语气和我们分享了这个小插曲。也是在生日宴会上，她溜进厨房去听广播里利维里托①的节目，结果"58"这个数

①利维里托（Luis Roberto González Rivero）是阿根廷著名电视节目《幸运之舞》的创办人、出品人及主持人，该节目会公布拉普拉塔河地区各大彩票的中奖号码。

字真的中了大奖。

这就是我前往坦迪尔的旅费的来源。我祖母知道这趟旅程我已经盘算了很久，而且对我非常重要。我以及我所有亲戚的事，还有什么是她不知道的呢？她非常清楚她的儿孙们的胆小和懒惰，所以她知道没有外部的刺激，我永远都无法成行，而且这外部的刺激只有她能够提供。

我总是觉得在孙辈里她最宠爱我。这种确信支撑着我活下去，如果说我那"在现实面前总是徘徊不前的人生体验"能算作是"活着"的话。我祖母毫不犹豫地主动把奖金的一半分给了我，说："给你用来旅行吧。"她不需要说更多的话，我们俩都心知肚明。不过计划的延迟在我的家族里是司空见惯的事，而且几乎她的每个儿子、孙子和女婿都可能像我一样接受了她的馈赠。她是不是应该从中选择？另一半的奖金去了哪里？我并没有问。大概是因为答案可能会引出令我不愉快的结论。无论如何，作为赠予我们生命的人，她选择了我，最多只能说明我是最需要这笔钱的人。

这场旅行与这些年来成为我的"使命"的东西——文学息息相关，虽然我知道祖母更希望我好好生活。当然，其实我也想这样。不过我有着意志薄弱的人常有的倔强，坚守着一个不能算作职业的职业，而且，可能我并不是为此而生的，至少我到现在为止还没有表现出一点天赋。我固执地坚持着我的观点，即文学是不需要证明是否具有天赋的。在我的内心深处，从没感觉到文字的呼唤，我也没想过会从事这样的工作。如果我诚实地回答，什么是我最想选择的职业，如果我拥有足够的活力来活在现实之中，我会以这样的顺序来排列：给女性理发的理发师，冰激凌小贩，鸟类和爬行动物的标本制作师。为什么？我也不知道。它源自于内心深处，但是与此同时我也可以在皮肤，在双手上感觉到它。有时候，在日常生活中，我会无意识地做出上述几种工作会包含的动作，甚至自认为在感官的幻想中体会到了完成工作的愉悦感，以及自我超越的动力。而在幻想中的幻想里，我甚至还可以勾画出为自己打广告、扩大我的客户群，以及翻新我的设备的宏伟蓝图。

我那三个没有实现的梦想中职业，其共同点在于，它们和雕塑有着某种近似，以一种短暂而自降身价的方式。我在这个领域中的观察使我觉得，一切未竟的梦想都以这样或那样的方式，指向了雕刻艺术。

如果是这样的话，我到现在为止，在文学面前感受到的挫败感都应当和雕刻艺术有关。事实上，我现在想到了，我对"作家"的期待，以及我对通过寻找"不对称的新形式"（就像我的唯一一本出版的书的标题一样）而成为出人头地的作家的愿望，可能都出自于和"三维空间中塑料网络的扭曲"的类比。

终于到了记录我在坦迪尔的旅行经历的时候了。我在包里放了一本笔记本，利用坐在大巴上的这段时间，写下了以上这些基本信息。现在，在写游记之前，我想要把它献给一个人。无论是出于忠诚、感恩、礼貌，还是出于避免把事情复杂化的意图，这篇游记都应该被献给我的祖母。然而不是。某种神秘的推动力让我写下了一些其他东西（作为献词来说相当没有意义的东西）：

"谨以此献给我的生殖器官"。

现在已经接近半夜了。我坐在酒店房间里靠墙的桌前。门上挂着安全链，窗户也是这么锁的。这一次，我终于不用寻找话题了，因为今天当我抵达的时候，我身上发生了一件惊人的事，而这不仅让我有话题可写，还使我自己成为了话题。之前从没有人经历过这样的事，我是第一个，也是唯一的一个。虽然我需要证明这一点，不过这个任务很简单，因为无论我以什么样的方式，说了什么内容，都将自动成为证言和证据（因为是我自己说的）。

所谓文学就是这样的。现在我终于可以看到它了。之前关于文学的一切，以及文学之于全世界（包括对作家）的意义，可以被概括为：费力地寻找话题，然后艰难地给它们套上某种形式。如今这一切如纸牌搭的房子，如孩子的幻想，或者如一个错误的理论般坍塌了。文学开始于当你成为文学本身之时。如果说对文学的使命感是存在的，那它不过就和今天降临在我身上的事情一样，是种转变。完全出于偶然的相遇，以及随之产生的启示。

我看到了幽灵的后背。

就在今天，一会儿之前，在我刚到不久的时候。我从长途汽车站赶到酒店，登记入住，上楼走进房间，放下行李，然后几乎马上就出了门。我打算去散散步，活动一下双腿，顺便认识一下这座城市。坦迪尔并不比潘帕斯草原上那些建立在"世界上最古老的山丘"下的村庄大多少。这个时间，城市似乎被注入了一股新鲜的活力：年轻人在街角聚集，工作的人们正下班回家，也有人走进街角的咖啡厅；不过这景象仅存在于城市心脏的一小块区域而已。

当我返回酒店时，我去稍微僻静些的街道绕了一圈（其实也没有偏远多少）。那里一片荒凉，我走了很久都没见到一个人影。从时间上来看，那是应该已入夜，不过天空中仍然残留着白日的余烬。所有色彩都被银色覆盖，深重的沉默支配了一切。笔直的街道通向地平线的尽头，在远处交融成湖水的颜色，以至于漫步在某个街角的我，恍惚间觉得自己已迷失了方向。其实我并未迷路，但当我再次迈开步子，朝着我确定的方向行进时，却下意识地加快了脚步，也集中了精神。我在注意什么呢？其实没有什么值得注意的东西。

大抵是因为四周气氛苍凉的缘故，我注意到了一个在繁忙市区未曾留意过的微小移动。它的阴影都称不上是在移动，只能算是个"空气中的微小位移"，甚至连这都不算。当时我正从一幢废弃的房子门前路过，房子的外墙处被人开辟出带柱子的门廊，这种建筑风格显然是出自某位意大利传统建筑师，或许他也是参与建造本省各个村镇房屋的，意大利建筑师们中的一员吧。时光的流逝使灰色墙面变得更加阴郁，沉闷的暮色在拱门的那端向天空攀爬，漫不经心，无边无际。在门廊的尽头处，紧闭的大门前，一个幽灵飘荡在半空中。刚才那个让我意识到他的存在的轻微移动，应该只是我的一个寒颤，然后他又恢复到了纹丝不动的状态。他看着我，我看着他。我们的互相对视只有短短一瞬，短到几乎不足以让他在枯槁的脸颊上挤出惊恐的神色，而我甚至连害怕的时间都没有，他就已经转过身回到了房子里。这显然只是一场纯粹的偶遇，他没能料到会被我发现。在数十年的无聊光阴中，幽灵早已知道，在这个时间，没有人会从这里路过。但是这个"没有人"中却不包括我。我只是个不久前刚到这里的外人，正闲来无事，四处闲逛而已。我们的相遇让他措手不及，故而打断了他"到人行道上呼吸新鲜空气"的计划。也许这是很久以前，他还活着时就养成的晚间习惯。受惊的他转过身，从钻出来的地方（穿墙）钻回去，全然没有意识到，这下意识的动作让我窥探到了从未有人见过的东西：他的后背。

人类在漫长的历史中见证过很多东西，或者也可以说是"见证了一切"。我也是这样。虽然人生经历有限，但我也可以认为，自己已见证了一切。每个个体都重复着这个物种一切的"有"和"无"，但同时也始终体会着"缺乏"或"过剩"的无奈。只有无法重复的东西才是生命。这个无法重复的"某物"是一个单独的、唯一的个体，阴阳两界在它之中如双曲线的两个顶点，不可思议地交会着。直到今天之前也没有人见过它：一个幽灵的后背。

虽然只有短短一瞬，但我就是看到了。这景象转瞬即逝，而我还要继续走我的路，只不过速度明显加快了，因为我急于赶回去把自己关到房间里开始写作（当时房间的平面图、桌子、椅子，甚至包括桌子上的笔记本都活灵活现地印在我的脑海中）。这是我第一次对自己说："文学……"或者说这是源自内心的呐喊。我不需要真的把它说出来，因为我身体的每个部分都听到了这种嘶吼。难以言喻的兴奋之情使我真的迷了路，不得不尽快动用全部感官来寻找正确的方向，越快越好。到最后我几乎飞奔了起来，边跑边把手伸到口袋里，掏出一支圆珠笔和几张不知何时塞在口袋里的纸（长途汽车票，酒店的卡片以及一些其他的票据），飞快地写下一些笔记。在这过程中我几乎没有停下脚步，写完之后我更是奋力地加速前进。

然后，我终于坐在了这里，像被什么附体一般地写着。也难怪，因为即使是充满着冒险与学习的生活，可能也给不了我如此充分的理由。我很快地写到了高潮部分：描写这个一直隐藏在人类视线之外的后背。

但是……不知道是由于操之过急，还是由于看到幽灵转身之后自己精力过剩，我突然感到胸口一阵刺痛。这疼痛越来越剧烈，以至于我的脸上浮现出狰狞的表情。愈来愈尖锐的抽搐让人无法忍受，疼痛如同海浪，每当我觉得它即将平息时，它就又卷土重来。连写字都变得无比艰难，我半睁着眼，视线模糊，用手紧紧捏住下颚，以防自己喊出声来，否则大概整口牙都会爆炸。

此时此刻，当我继续奋力写下一个比一个扭曲的字母时，我强烈地感觉到，我可能即将命丧此地，倒在打开的笔记本上，就在我写下我看到的东西之前……

这可能吗？我运气真的那么差吗？现在疼痛减轻了一些，不过情况却正在变得更糟糕：我感到了心脏内部的撕裂，器官不断发出"剪断丝绸"的声音，体内好几处正在喷血，血水混杂在一起……写字的手不停颤抖，并开始变成青紫色……我不知道自己是如何维持笔尖移动的……

尽管视线已经模糊不清，我依然拼命想让它固定在我持续写着的一笔一画上……在几乎完全暗下来的视线外围，我看到了我在路上用来做笔记的那些皱巴巴的纸团……这是唯一能证明我还看得见东西的依据……但是它们都不能算是笔记，几乎只是些隐晦的提示，没人能够读懂（因为使用缩略语这种该死的癖好）。我一旦死去，这些东西就永远得不到破译……除非能有个绝顶聪明的人，通过数年甚至数十年缜密的归纳和推理，才能以可信的方式重现我的原意……不过肯定没有，因为这样的工作只会被用于研究某个伟大的作家的作品；我留下的东西没人会关心……

也许我可以留下一些线索……但这不可能。我没有时间了。我无法保持写一篇优质散文所需的节奏和张力，一篇我想写完的，能让我成为值得研究的伟大作家的散文。我现在只能用尽最后的力气，胡乱写下一些零散的句子，几乎前言不搭后语……我没有时间了，因为我正在走向死亡……死亡是我这个失败者想要成为文学本身而付出的高昂代价……更让我痛苦的是，我其实曾经有过足够的时间（现在没有了），但是很可惜，我把它浪费了……这件事是个教训，如果这个教训能够至少挽回部分被浪费的生命，那就是凡事应该开门见山……我应该一开始就写下最重要的，只有我才知晓的事情……我也不会因此放弃一个好的故事应有的发展和平衡，因为这些开篇的部分我可以放在之后写，最后再把每一部分安排在适当的位置……这按事情发展顺序写作的习惯，是多么愚蠢的强迫症啊……

2003年12月8日

El Espía

间 谍

　　在我身体里住着一位演员。我无法和他分开，
但我却不知道他想要的，也不清楚他能做的，更不知
道他的内心所想的是什么……

间谍

如果我是戏剧里的人物，缺乏隐私会使我产生不安和怀疑。我可以以某种方式感觉到安静而专注的观众的存在。每时每刻我都会觉得，我的话正在传入其他人的耳中，尽管这对于某些话来说并无不妥（某些人的妙语连珠就是为了在更多的人面前炫耀，所以有时候有人会感叹没有足够的人来赞赏他），但我确信，另一些则需要真正的，而非架空的私密环境。这些话可能对于理解整部戏剧至关重要：这幕戏的一切价值可能都基于这些话语。但是无论多么重要都不会撬开我的嘴巴；恰恰相反：我会和往常一样严守秘密。更直白地说，就是我不会把这些话说出来。我宁愿这么说："我们去另一间房间吧！我有重要的事情要跟你说，不能让其他人听见。"但这时幕布降了下来。到了下一幕，我们就会身处另一间房间，或者说是同一个舞台的不同布景中。我环顾四周，嗅到一些难以言喻的气味……我知道戏剧的架空世界中不存在观众席，而且作为戏中的角色之一，我对此更加清楚，因为这是我存在的基础，但是即便如此……"不，在这里我也不能说……"我会把和我演对手戏的演员领到另一间房间，从那一间再换到下一间……当然，我终归是知道这么样下去，这幕戏永远都演不完，我可以牺牲这幕戏的精华部分，改说一些无关痛痒的台词。但是这恰恰是我绝不能放弃的东西，因为它是我作为一个戏中角色的存在基础。因此，我将会面对一个我不得不开口的情况。不过即便如此，我也会拒绝说话，这源自于一股强大的怀疑的力量。我的嘴会封上，这幕戏（至少是我演的部分）的关键永远不会从我的嘴里蹦出来。永远都不会！这就像一场噩梦，我眼睁睁看着构成整部戏艺术价值的一个或大或小，但却非常重要，甚至不可或缺的部分，就这样烟消云散。这一切都是我的错。其他角色都会失去方向，像断了线的木偶一样地移动着，没有生命，没有目标，就像那些几乎没有情节的拙劣戏剧一样。

就在那时，仅仅在那时，我会抓到最后一丝希望：观众可能会猜到我要说的是什么，即使我无法说出口。这实在是个天方夜谭，因为我隐藏的是情节，而非仅仅是一段评论，或某个观点。如果出于非常特别的原因，在非常慎重的考虑下，我不得不对某个人坦白，那我会说自己是个潜入特工，而我所隐藏的内容都深藏于我过去或将来所说的一切之中（一个优秀的剧作家会想到这一点）。如果是这样的话，观众又从何得知那些内容呢？期待观众从我的沉默，从我的守口如瓶中推导出真相来，显然是很可笑的，主要是因为他们可能会推导出其他东西：比如我可能不是个间谍，而是房主的私生子，或者是某个冒用了被自己杀死的受害人身份的逃犯……

这基于观众超人的智慧和期望，虽然显得疯狂，但不正是恐惧的反面吗？这种恐惧本身也很荒谬，却又经常会被证实是存在的：一种无论概率多低，都有怕被人猜中的恐惧。我为什么拒绝说话，为什么守口如瓶，甚至要防范一些超自然的直觉（就像是怀疑周围的四面墙其实缺了一面，那里正坐着一排排观众听着我说话一样）？正是因为我有秘密要守，一些见不得光的秘密。

然而，"让观众猜出我的秘密"的希望，不正好和我应该做的事情背道而驰了吗？在现实之中，我怎么可能有把它称之为"希望"的想法？这巨大的落差来源于艺术，戏剧艺术中的我化身为角色，因为戏剧世界里有一条基本准则：把戏演好。因此我不得不当一个好演员，演一出好戏剧；如果我不好好演的话一切就没有意义，所有的表演都

会化为乌有。与其他领域不同，在这里"做一件事"和
"做好一件事"二者混为一谈。因此，如果我出于过于敏感
的怀疑将这两者分离，那我唯一剩下的就是希望：一个毁
灭性的希望，和等死没什么区别，因为我的秘密如此重要，
以至于一旦揭露，我就无法生存下去。我直到现在才发现
这一点，发现我正处于这样难以收拾的局面中，我几乎可
以说我投身于戏剧艺术这项危险的游戏就是为了发现这么
一件事。

到现在为止，我一直是靠严守我的秘密活下来的。秘
密都是存在于过去的事，而过去是神圣而不可侵犯的。我
本人是唯一握有保险箱钥匙的人，至少我是这么认为的：
过去的一切已经是彻底板上钉钉的事情。一切的秘密，如
果属于我的话，那么其他人永远无从知晓，除非我自己将
它们说出口，但我绝对不会这么做。但有时我觉得这个保
险箱并不是万无一失。时光在某种形式下可能会倒流，以
一种想象力无法预见的方式——尽管，或者说因为，正是
我的想象力让我产生了过度的怀疑——让隐藏在过去的东
西现形。不过，当每次我想到这个的时候，我都会转念一
想，觉得过去还是绝对保险的，它已经尘埃落定，不可逆
转，这方面没什么理由可担心的。如果我真的要担心什么
话，我可以担心其他的东西。能让我担心的事太多了，如

果一件件数的话永远都数不完，因为新的事情总在不断地
涌现。然而所有这一切现在都聚集到了一个地方，聚集到
了灯光之下的舞台中央，我正在那里坐立不安，浑身颤抖，
冷汗直冒……

在我身体里住着一位演员。我无法和他分开，但我却
不知道他想要的，也不知道他所能做的，更不知道他的内
心所想的是什么……他是恐惧的化身，是制造焦虑的机器，
是一尊丝毫不差的复制品。这部戏的作者把他也写了进去，
构成了我的"分身"。这是个已经被用滥了的手法：一位演
员表演两个角色，通常是演一对双胞胎或者是两个长相极
为相似的人。由于剧院设备的局限性，由同一位演员扮演
的两个角色只能分开登场。在他们之间总会有一扇门，一
个进口或者出口，一个布景的模糊或切换。虽然在舞台上
两人的场景是分开的，但是在剧本的创造中两个角色却密
不可分，其中蕴含着互相之间面对面的恐惧。朝"大木偶
剧院"①的方向更近一步的话，考虑到观众离舞台的距离，
可以通过化妆、衣着、灯光效果来实现这样的面对面（需
要注意的一点：这仅限于现代戏剧，因为古代用的是面具，
效果恰恰相反）。而在电影业中，运用蒙太奇手法可以演得

① "大木偶剧院"（Le Théâtre du Grand-Guignol），或称"大吉尼奥尔剧院"，是
法国巴黎的一座以演出恐怖戏剧闻名的剧院，已于1962年关闭。

完美无缺。在戏剧中，除非运用一些可疑的技术（或者找来两个确实是双胞胎的演员），将一对分身作为主题的尝试本身就会引起话题，因为两个同样的角色最后将会融为一体。

我前面写的这些话似乎有些难以理解。如果我想解释清楚的话，最好换一种说法（不是举例说明，而是把它作为话题）。"被正确地理解"成为至关重要的因素的那一刻迟早会到来。没有将一切暴露于光天化日的透明，"隐藏"也就无从存在。而那些隐藏的东西，正是"秘密"。和所有人一样，我也有秘密；我不知道我的秘密是不是比其他人的更重大，但我想尽一切办法防止它们被揭露。一个人看重自己的私事是很正常的事；"自我"是一面天然的放大镜。当这个人是戏剧表演中的一个角色，正好演到关键时刻时，这种放大效应到达了顶峰。在瞬息万变的演出过程中，置身事外根本不可能。

但是，如果我严守的秘密正是我过去所做的事，也许这个秘密正为现在发生的事所揭露，因为从逻辑上讲，过去是因，现在是果，而且略加分析的话，这个果必将在揭露出一切使其形成的因中。不过要是有人想以这样"以其果而见其因"的方式揭穿我的秘密，他一定会碰一鼻子灰的，因为我想隐藏的事实是，在我身上这一过程方向恰好相反："果"留在过去，谁也不能从现在的"因"把它推导出来。这种罕见的颠倒也许归因于剧本本身，它建立在某种"分裂"之上，和我本人保持着"距离"。我曾经觉得自己已经病入膏肓（我不想详细解释其中的细节），然后犯下了不可饶恕的错误，即抛弃了我的妻子和我年幼的孩子们……随着时间的推移，我改变了人格。我活着，而且实现了想要"活着"的梦想。我从小就不知道什么是生活，而且长大后也不知道：我过去从不知道。我所知道的最多就是存在着"生活"这种东西，存在着爱，存在着冒险，总之存在着书本以外的东西。我以前总是很乐观，并充分信任自己的智慧，所以我曾经得到过这么一个惊人的结论：我也可以了解什么是生活，以及如何过那样的生活。

因此，我在赶在为时过晚之前，绝望地切断了和自己的过去的联系。当幕布升起之时，我成为了刚才那个我的分身，我是我自己的复制品，我是一模一样的另一个我。二十年过去了，我仍然停留在原地（我无法欺骗自己），即便我是另一个我，我独有的另一个我。我学了计算机，把我之前用于文学的智慧转到了政治上，变得两面三刀，最后成了一个双面间谍，一边打入了阿根廷占领军最高司令部，一边打入了地下反抗组织。这一幕发生在接近深夜的奥利沃斯官邸①中富丽堂皇的大厅内，当时正在接见亚特兰蒂斯的大使。我像往常一样身着礼服，摆出无比高贵的姿态，镇定自若，恪尽职守。更令人惊讶的是，我看上去一点也没有变老，镜子里映出的是我三十岁的样子，但是我知道衰老离我一步之遥，就在某扇门之后。我总觉得我年轻的外表（即使是三十多岁也足以引人注目）是我缺乏生活的症状。这无非就是判了我缓刑，但缓到什么时候呢？生理上的进程总是无情地向前推进；如果改变了名字，改变了人格，改变了职业，这缓刑之剑依然高悬，我真的不知道我该做什么。

我是最高贵的一个，是盛开于戏剧世界中最上等的人类之花。通过"以其果而见其因"肯定不能认识我，因为我把这些"果"都留在了另一个世界。但是现在这些"果"回来了，以最出乎我意料的方式。就在这晚，就在这一刻，令人不可思议地准时；不过这就是戏剧世界的法律。如果一个人幸福安宁地和家人一起生活了数十年，然后有一天突然有个精神病人闯进了他的家里，劫持了他们，强暴了他们，杀死了他们，那讲述这个故事的电影要以哪一天作

①奥利沃斯官邸（la Quinta de Olivos）是供阿根廷总统居住的一座官邸，位于布宜诺斯艾利斯省奥利沃斯市内。总统办公地点则在布宜诺斯艾利斯市内的玫瑰宫（Casa Rosada）。

为背景呢？一天之前吗？

这场接见中多了一位来宾，也是最令我吃惊的一位：莉莉安娜，我的妻子（或者应该说我的前妻，过去的另一个我的妻子）。当然她不知道我在这里，不知道我是这最高司令部中的幕后黑手。所有人都认为我死了，或者我失踪了。从我的角度来说，由于我彻底切断了一切和过去的联系，在这二十年里我完全不知道关于她的任何事情；她可能已经死了，已经下葬了；但是她没有：她还活着，并出现在了这里……我偶然间在金碧辉煌的大厅中远远地看见了她，但她没看见我。我派了个秘书去调查，与此同时我向迷宫般的宫殿中的另一间大厅走去。我不缺这么做的借口，因为在接见的"实时"进程中，官邸内正进行着一些闭门会议。这意味着形势一触即发，可以预见到即将发生的巨变，空气中弥漫着相当紧张的气氛。

莉莉安娜是来找亚特兰蒂斯的外交官的。这是她唯一的机会，因为这些外交官只会在这个国家停留几个小时：他们只是来签署一项过渡性贷款，因此待到半夜就会离开。准备把他们从豪华官邸直接送往机场的豪华轿车都已经发动了引擎。莉莉安娜的目的是请求让她被逮捕的儿子（我直到现在才知道这件事）平安归来。她的儿子也就是我的儿子：小托马斯，我的长子。在我离家出走的时候他还是

个孩子，我都已经把他遗忘了。简单的计算告诉我他现在
已经二十二岁了……所以说他成为了持不同政见者，加入
了反抗组织，然后不幸遭到了逮捕。如果他以这样的方式
投身于政治，那一定是受了他母亲的影响；现在我想起了
莉莉安娜是多么痛恨梅内姆①、努斯塔特②、卡瓦略③和小
苏雷玛④……这也解释了为什么她可以在这个晚上溜进这
座官邸：我所属的反抗军司令部向她发出了"邀请"。和往
常各种公务活动时一样，我负责给他们提供一些邀请函，
以便他们可以潜入进来放个炸弹或者绑架某人。而且她不
是一个人前来（他们用了两张我发出的邀请函）：陪伴她的
是一位被当局所容忍的国际特赦组织本地分部的律师；但
我知道他曾经，而且仍然和反抗组织有着千丝万缕的联系。

①卡洛斯·梅内姆（Carlos Saúl Menem，1930—　），阿根廷前总统。他于1989
年当选阿根廷总统，1995年连任大一届，后经修宪将总统任期缩短为4年，于1999年
卸任。

②贝纳尔多·努斯塔特（Bernardo Neustadt，1925—2008），已故罗马尼亚裔阿
根廷著名媒体人。他是阿根廷电视政论节目奠基人，是国内最具影响力的政治媒体
人之一。

③多明戈·卡瓦略（Domingo Cavallo，1946—　），阿根廷政治家、经济学家。
他于梅内姆首个总统任期内担任经济部长，1999年参加总统大选失利，2001年阿根
廷经济危机爆发后被德拉鲁阿总统再次任命为经济部长，然而形势已无法挽回，年
底卡瓦略与内阁其他成员总辞，翌日德拉鲁阿总统亦宣布辞职。

④小苏雷玛（ZulemaMaría Eva Menem，1970—　），阿根廷企业家。她是阿根
廷前总统梅内姆与前妻苏雷玛·法蒂玛·约玛（ZulemaFátimaYoma，1942—　）所
生的女儿。

　　我隔着大门和门帘听到了他们的一些谈话，发现了一件超出我想象的事：莉莉安娜已经疯了。我有足够的理由感到吃惊：竟然是她，一个那么理智、那么有逻辑的人！在过去我们的婚姻中，她总是为我的疯狂举动拨乱反正。但是，最有条理的大脑也是最难抵御重大变故所造成的崩溃的，她肯定是无法承受她儿子失踪所带来的打击。我很快就偷听到了她失去理智的确凿证据：她说和他一同前来的有她的律师……还有她的丈夫！难道她再婚了吗？不，因为我听到她说出了我的姓名：塞萨尔·艾拉，那个著名的作家（她说得夸张了点）。她说我在大厅里和人说话给人签名，所以来迟了，现在马上就到……可怜的女人，她疯了，一定是产生了幻觉。我突然萌发了一个冲动的念头：我可以实现她的幻想，唤回我原本的人格，站在她身边一起会见那些外交官……这不仅是个安慰性的举动，还有实际的作用：我非常清楚在这时候应该说什么才能打动亚特兰蒂斯的外交官，促使他们采取行动给占领军施加压力，以释放小托马斯。如果没有我的介入，这件事就没有任何希望。至少我现在可以这么做，因为即使我抛弃、背叛了自己的家庭，但他依然是我的儿子，我的骨肉。

　　我在奥利沃斯官邸有自己的房间，每当遇到紧急时刻（发生过很多次）我就需要在这里过夜，二十四小时不间断地站在自己的岗位上。我跑到那间屋子，换上了一件便装，一件最接近我记忆中过去的生活风格的衣服。我弄乱了头发，戴上了眼镜，一切准备就绪！我登上了舞台："晚上好，请原谅我的迟到。我就是塞萨尔·艾拉，失踪的年轻人的父亲。"她完全没察觉异样，证明她的确是疯了：二十年的分离在她错乱的大脑中变得毫无意义。她开始指责我没有换套衫："你还有一件呢，这件都脏了……人家会觉得我不关心你……你应该换另一条裤子，那条烫过了……"一切都没变！我婚姻生活的一切再次向我涌来。婚姻就是微小细节的总和，其中任意一个细节都能代表其余全部。

事情没有那么简单。在交谈的过程中，我必须找个借口离开片刻，重新穿上礼服，梳好头，去见占领军的高官们，因为他们需要和我讨论最紧急的问题：就在这个晚上，占领军司令部里的紧张气氛就要爆发了，意思就是行将发生一场内部政变（他们答应给我中央银行行长的职位）。枪战和杀戮即将上演，但是公众不会得到任何消息。

在中间的屋子里（一切都进行得非常迅速）我又变回了"作家"塞萨尔·艾拉，回到莉莉安娜身边……过一会儿又再次穿上礼服……我就像杂耍一般进进出出，而且更复杂的是我还得完成另一个任务：把政变的消息告诉国际特赦组织的律师，还要向他传达我自己的计划——让反抗

组织利用占领军内部的混乱，在他们群龙无首的时候带领
人民发起反抗，而且必须就在这一晚……政变发起人自信
能够迅速而秘密地完成：他们估计只需要几个小时，在黎
明之前就能搞定（利用众所周知的两位亚特兰蒂斯外交官
的来访作为掩护，而且以接待为理由完全可以在不引起怀
疑的情况下，召集所有同谋者，以及政变的受害人），完全
没有想到反抗组织能够得悉此事并闪电般地采取行动……
肯定会采取行动的！至少我能把这件事传达给那位名义上
的律师，我知道他和反抗组织领导层有联系……在之前的
行动中我让他抽不开身，以免他怀疑我这个突然出现的
"塞萨尔·艾拉"。现在，我用我的另一张脸，穿着礼服梳
好头发，把他带到另一边……必须隔开足够的距离，因为
我比任何人都明白什么叫作"隔墙有耳"，尤其是在这个地
方。而且我也知道这里有很多小房间和办公室，可以在那
里面把事情透露给他……我本人就是负责安装麦克风的，
我很清楚它们都装在哪里，以及如何把自己"静音"……
但是我突然产生一阵完全不符合我技术官僚的新身份的怀
疑，怀疑我们被人偷听了……感觉就像四面墙突然消失，
黑暗中坐满了人，倾听着我能说的每一句话。这是个很符
合我曾经拥有，并正卷土重来的"作家"身份的幻想。我
很难接受这个幻觉，但也不敢完全舍弃这个可能性，毕竟

现在正是紧要关头。于是我对律师说："等一下，在这里不能说，到边上那间办公室去吧……"但当我们到了边上那间办公室，我又说了同样的话。如果我们再换地方，这个怀疑依然会跟着我们。无意义的布景更换带来了庞大的支出，只有破纪录的大量观众才能平衡这项开支。但这就产生了一个恶性循环，因为一旦观众增多，我对被窃听的怀疑也会随之增长，我就不得不更多次地转移，以追寻那不断离我而去的"私密性"……而且时间分分秒秒流逝，但剧情却一直停滞不前……这是一场灾难，这是整部戏剧的毁灭。我不知道如何挽救：我深知发展到这一步已经无可挽回。我的错误在于，在这越烧越热的剧情中，我忘记了这是戏剧表演……更确切地说不是"忘记"而是"不知道"，因为我无法也从未知道这一点。对于我，一个剧里的角色，一切都是现实。需要说明的一点是，毁在我无止境的来来去去中的这一幕是非常关键的，因为直到这之前观众（我已经不知道是假想的还是真实的）都无法得知，为什么同一个演员在扮演反差如此之大的两个角色。与律师密谈的这一幕将会揭开一切，对整个剧情进行总的交代。

一切都崩塌了……这并没有造成大的损失，因为这出剧本来就是荒唐可笑的，源自于一些唾手可得的素材。也许它从企划开始就没什么意义，然后越往下发展问题越多。

我过去曾经认为我是个好作家，但没有什么可以证明这一点，包括获得的成功或者自我满足。我总是有一些书迷，然而他们并不能证明什么，也许只是和我一样错乱而已。我曾经认为死亡会是一种方法，它能剪断这个死结。但是自从二十年前我消失之后，一切都还是和原来一样：总会有少数几个读者，而且他们都是大学里的人，写着关于我的论文，除此之外就没有了。我从没有过真正的公众读者群体。公众会让我变得富有，然后我就不用再思考文学的事。我是个无法被世人理解的天才？还是迷失在先锋派曲折迷离的道路中的半吊子作家？这不可能说得清。在我作为作家的生存和死亡之间产生了一种怀疑，而正是这种怀疑，在戏剧中虚拟与现实交错的空间里，封住了我的嘴。

1995年7月3日

第十二篇

Sin Testigos

无人目击

　　装金币的袋子和他一块儿摔在地上,金币撒了
一地,撒在这条巷子的独特路面上,发出金属的巨
响,闪耀着希望之光。

无人目击

环境让我沦为街头乞丐。直接而真诚地向人乞讨没什么收效，于是，我只好去欺诈行骗——比方说，装作瘫痪、眼盲、身患重疾，常常弄来一点小钱。这样做一点儿都不愉快。有一次我想到，可以干一些更聪明、更精妙的事情，就算只见效一次，也并不给我带来巨大收益都没关系，至少它会让我有满足感，因为我做了一件经过思量的、在我看来称得上具有艺术性的事。我需要有个容易上当的人落入圈套，最好在没有目击者的地方落入圈套。拖着疼痛的双脚（真的很疼），我在巷子里走了一会儿。我太熟悉那些巷子了，因为我活在其中，睡在其中。最终，我找到了一个肯定不会有人经过的角落。我往那里一倒，等待猎物。旁边是个大垃圾桶。我靠着墙，一半身子被垃圾桶挡着，手里拿着一个浅底的罐子。我早先看到这罐子被人扔了，就把它捡走——就是它让我想到了这个会给我带来钱财的手段。得澄清一下，此时我还不知道这会是个什么手段，等到最后一刻我再临场发挥。很快，天色晚了。那个角落黑得很，不过我相当适应阴暗的地方，所以能看得很清楚。和我预料的一致，那里没人经过。这就是我需要的：一个不会有目击者的荒僻地方。但是我也需要一个受害者。一个小时又一个小时过去了，我开始相信不会有人掉进陷阱了。我好像反复几次睡着又醒来，四周一片悄寂。我估计，当我听到脚步声的时候，大概是午夜了。我还没来得及开始行动，还没来得及叫住他、引起他注意，就看到他走向垃圾桶，翻找起来。他是个乞丐，是个要饭的，跟我一样。我不太可能对他使出什么巧妙的招数，拿走他的钱。尽管这样，我还是要尝试一把，即使只是为了从他身上榨出一枚硬币，为的是不让自己觉得这一夜的时间白白浪费了。但是，我还没有半点举动，这个陌生人就从垃圾桶里把什么沉甸甸的东西拿了上来，然后尖着嗓子叫了一声。凭着我那敏锐的夜间视力，我一看：是个袋子，里面装满了金币。我这辈子最苦涩的感觉像闪电一样在我内心穿过：这是一大笔钱，几个小时以来它离我只有咫尺之遥，而我浪费了几个小时去苦等一个无辜的人，想从他那里骗来一点蝇头小利。现在，这个无辜者出现了，还在我眼皮底下拿出了我的财宝。他向两边看看，以确定没人看见他，随后拔腿就跑。他还没察觉我就在下面。我不是反应敏捷的人，从来都不是，然而在这个不可复得的绝佳时刻，我被某种近似于暴怒的东西驱使着行动了。我简简单单地伸出一条腿，把他绊倒。他那时正在加速，脚钩在我的腿上，摔得要多远有多远。跟我的预期一样，装金币的袋子和他一块儿摔在地上，金币撒了一地，撒在这条巷子的独特路面上，发出金属的巨响，闪耀着希望之光。我指望他会在困窘仓促中尽其所能地拾捡金币，然后跑着离开；而我呢，则也会去抓取钱币，他不会抗拒我这么做的。他这一跌，金币这一撒，我们俩成了一条线上的蚂蚱：我们都秘密地把金币据为己有。但让我惊恐的是，事实并非如此。那人站起身来，像猫一样敏捷。他不待完全站直，身子还弯着，就从口袋里掏出一把大刀，同时向我扑过来。我在街上虽然活得艰难，却没变得冷酷无情。我总是感到胆怯，逃避种种暴力。他已经扑到了我身上，举起刀，用极大的力气把它扎进我的胸膛。刀子穿过我的身体，几乎从后背刺出来，它离我的心脏可能特别近。我百分之百确信自己感受到了死亡。而最让我惊愕的是，我看到，在他刺伤我的同时，他胸前同样的位置出现了一道与我相同的伤口，血开始流出来。他的心脏也受了伤。他看向自己的胸口，十分困惑。

他不明白，一点也不明白。他捅了我一刀，而伤口也出现在他身上。他把刀从我胸口拔出来，眼神已经因死亡而浑浊，和我一样。他又在边上刺了一刀，仿佛要把这奇怪的事情确切地检验一番。果然，他胸前出现了第二道伤口，血开始往外流。这是我（或者他）看到的最后一幕。

八十部小说环游地球：
艾拉博士的神奇写作

孔亚雷

八十部小说环游地球：
艾拉博士的神奇写作

孔亚雷

1953年，布宜诺斯艾利斯，一位叫贡布罗维奇的49岁波兰流亡作家写下了也许是文学史上最有名（也最伟大）的日记开头：

星期一
我。

星期二
我。

星期三
我。

星期四

我。

与此同时，同样在阿根廷，在一座距布宜诺斯艾利斯三百英里的外省小镇，普林格莱斯上校城，住着一个四岁的小男孩。他叫塞萨尔·艾拉。他也将成为一位作家——一位跟贡布罗维奇同样奇特的作家。（事实上，今天他已被广泛视为继博尔赫斯之后，拉丁美洲最奇特、最具独创性的小说家之一。）自然，当时的小男孩艾拉对此一无所知。跟世界上所有的四五岁儿童一样，对他来说，"将来"（以及"文学"，或"艺术"）还不存在。他还处于自己个人的史前期，其中只有永恒的当下，和一种"动物般的幸福"（尼采语）。多年后，已成为知名小说家的艾拉，对这种史前童年期有一段极为精妙的阐释：

> 神秘主义者和诗人们所梦寐以求的，对现实的直觉性吸收，是儿童每天都在做的事。在那之后的一切都必然是一种贫化。我们要为自己的新能力付出代价。为了保存记录，我们需要简化和系统，否则我们就会活在永恒的当下，而那是完全不可行的。……（比如）我们看见一只鸟在

飞，成人的脑中立刻就会说"鸟"。相反，孩子
看见的那个东西不仅没有名字，而且甚至也不是
一个无名的东西：它是一种无限的连续体，涉及
空气、树木、一天中的时间、运动、温度、妈妈
的声音，天空的颜色，几乎一切。同样的情况发
生于所有事物和事件，或者说我们所谓的事物和
事件。这几乎就是一种艺术作品，或者说一种模
式或母体，所有的艺术作品都源自于它。

因而，他接着指出，所谓令人怀念的童年时代，也许
并非我们通常认为的那种"天真的自然状态"，而是"一种
无比丰富、更加微妙和成熟的智力生活"。这或许是我们听
过的关于童年（也是关于艺术）最动人而独特的解读之一。
它出自塞萨尔·艾拉一篇自传性的短篇小说——《砖墙》。
"小时候，在普林格莱斯，我经常去看电影。"这是小说的
第一句。它以一种异常清澈的口吻，从一个成熟作家的视
角，回忆了自己童年时最要好的小伙伴米格尔，以及最热
衷的爱好——看电影。而将这两者交织起来的，是一个叫
"ISI"的游戏，其灵感来自他们看的一部希区柯克电影，
《西北偏北》——在阿根廷放映时的译名是《国际阴谋》
（那就是"ISI"这个名字的由来："国际秘密阴谋"的英文

缩写）。这个游戏最基本的规则是保密："我们不允许向对方谈起'ISI'；我不应该发现米格尔是组织成员，反之亦然。交流通过放在一个双方商定的'信箱'中的匿名密件来进行。我们说好那是街角一栋废弃空房的木门上的一道裂缝……"于是，一方面，他们通过"密件"交流进行"ISI"游戏（编造某种迫在眉睫的危险，或者互相发出拯救世界的命令，或者指出敌人的行踪……），另一方面，他们又假装已经彻底忘了"ISI"这回事，他们继续一起玩别的游戏，但从不提及"ISI"。至于为什么要制定这种奇妙的、自欺欺人的游戏规则，作者告诉我们那是因为：

> 机密是所有一切的中心。……（但）我们一定知道——很明显——我们不管做什么都不会引起大人们的丝毫兴趣，这贬低了我们机密的价值。为了让秘密成为秘密，它必须不为人知。由于我们没有其他人，我们就只能不让我们自己知道。我们必须想办法将自己一分为二，而在游戏的世界里，那也并非完全不可能。

将自己一分为二——这既是这个游戏的核心，也是这篇小说的核心：它事关写作本身。在写作，尤其是小说写作的世界里，"将自己一分为二"不仅可能，而且必须。
因为写小说在本质上就是一种游戏，一种特殊的、"ISI"
式的游戏：一方面，当然是作家本人在写，但另一方面，
作家又必须假装忘记是自己在写（以便让笔下的世界获得
某种超越作者本人的生命力，让事件和人物自动发展）。
而且由于写作是一个人的游戏，作家就只能自己不让自己
知道——他（她）必须"想办法将自己一分为二"。在很
大程度上，这是个微妙的分寸问题。而对这一分寸的把握
能力（既控制，又不控制；既记得，又忘记），往往决定了
作品的水平高低。

　　就这点而言，塞萨尔·艾拉无疑是个游戏大师。（另
一位奇异的小说家，村上春树，也表达过类似的观点，他
在一次访谈中称写作"就像在设计一个电子游戏，但同时
又在玩这个游戏"，仿佛"左手不知道右手在做什么"，
有种"超脱和分裂感"。）所以，《砖墙》被置于《音乐大
脑》——他仅有的两部短篇小说集之一（另一部是《塞西
尔·泰勒》）——的开篇，也许并非偶然。写于作家62岁
之际，它并不是那种普通的追忆童年之作，而更像是对自
己漫长（奇特）写作生涯的某种总结和探源。于是，只有
将它放到塞萨尔·艾拉整个写作谱系的背景下，我们才能
发现它所蕴藏的真正涵义——就像一颗钻石，只有把它拿

出幽暗的抽屉，放到阳光下，才能看见那种折射的、多层次的、充满智慧的美。

塞萨尔·艾拉与贡布罗维奇几乎擦肩而过。1967年，当18岁的艾拉来到布宜诺斯艾利斯（此后他便一直居住在这座城市），贡布罗维奇刚于四年前，1963年，离开阿根廷去了欧洲——他再没回来过（他于1969年在法国旺斯去世）。但我们几乎可以肯定，艾拉读过贡氏那部著名的小说《费尔迪杜凯》。这不仅是因为那部小说的知名度和艾拉巨大的阅读量，更是因为《费尔迪杜凯》本身：一个三十多岁的落魄作家突然返老还童，变成一个十几岁的少年？一场试图砸破所有文明模式——从学校、城市、乡村到爱情、道德、革命，甚至时空——的荒诞疯狂冒险？这听上去几乎就像是从塞萨尔·艾拉的八十部小说中随便挑出的某一部。

八十部？对，你没听错。八十部。（事实上，这个数字还在增加，因为他还在以每年一到两部的速度出版新作。）迄今为止，艾拉先生已经出版了八十（多）部小说。它们有几个共同点。首先，它们都是字数在四到六万之间的微型长篇小说。其次，它们在文体和题材上的包罗万象，简直已经达到了某种人类极限。它们囊括了我们所

能想到的几乎所有小说类型：从科幻、犯罪、侦探、间谍
到历史、自传、（伪）传记、书信体……而它们讲述的故事
包括：一个小男孩因冰激凌中毒而昏迷，醒来后成了一个
小女孩；关于风如何爱上了一个女裁缝；一个十九世纪的
风景画家在阿根廷三次被闪电击中；一种能用意念治病的
神奇疗法；一个小女孩受邀参加一群幽灵的新年派对；一
个韩国僧侣带领一对法国艺术家夫妇参观寺庙时进入了一
个平行世界；一个政府小职员突然莫名其妙写出了一首伟
大的诗歌……但在所有这些犹如万花筒般绚烂的千变万化
中，我们仍能确定无误地感受到某种不变、某种统一性。
那就是叙述者——塞萨尔·艾拉——的声音。这是那八十
多部作品的另一个共同点：它们都是某种奇妙的矛盾混合
体——尽管在想象力上天马行空，极尽狂野和迷幻，它们
却都是用一种清晰、雅致而又略带嘲讽的语调写成。其结
果便是，当我们翻开他的小说时，就像跌入了一个彩色的
真空旋涡，或者《爱丽丝漫游仙境》中的兔子洞：一方面
是连绵不绝、犹如服用过LSD般的缤纷变幻，但同时另一
方面，我们又仿佛飘浮在失重的太空，感到如此悠然、宁
静，甚至寂寥。

要探究塞萨尔·艾拉的这种矛盾性，我们可以从两方
面入手：他的写作源头和写作方式。所有好作家（及其风

格），在某种意义上，都是自我教育的结果。（我们并不否
认民族和地域的重要性，尤其是考虑到拉丁美洲——作为
魔幻现实主义的大本营——一向盛产如热带植物般奇异而
繁茂的作家，但那又是另一个话题，这里暂且不加讨论。）
虽然塞萨尔·艾拉常被拿来与自己的著名同胞博尔赫斯相
提并论，虽然他们的作品都有博学、玄妙和神秘主义的倾
向，但实际上他们的品味和气质却有天壤之别。因为他们
的自我教育方式完全不同。博尔赫斯的写作源头是父亲的
私人图书室，是《贝奥武夫》《神曲》、莎士比亚、古拉丁
语、大英百科全书——总之，典型的高级精英知识分子；
而塞萨尔·艾拉呢？是在家乡小镇看的两千部商业电影
（大部分都是侦探片、西部片、科幻片之类的B级电影），
是鱼龙混杂无所不包的超量阅读（平均每天都要去图书馆
借一两本），以及上百本仅在超市出售的英语畅销低俗小说
（他甚至将它们都译成西班牙文卖给了一个地下书商）。所
以，很显然，上述那些"神奇"的、散发出强烈"B级片"
风味的故事情节正是源自这里：盛行于上世纪五六十年代
到八十年代的通俗流行文化。

　　而与这一源头形成鲜明对比的，是塞萨尔·艾拉的写
作方式。虽然拜波普艺术所赐，通俗文化产品的地位有所
提高，但在本质上它仍然是反艺术的，决定这一点的是它

的制作方式：模式化和速成化。但塞萨尔·艾拉的写作方式却正好相反，它缓慢、严肃、精细——一种典型的、福楼拜式的纯文学写作。据说每天上午他都会出现在布宜诺斯艾利斯的某家咖啡馆，一边喝咖啡一边写上三四个小时，也许只写几个字，或者几十个字，最多不超过几百个字，日复一日，年复一年，从不中断。但跟福楼拜不同（事实上，跟世界上所有其他作家都不同），他从不修改。（是的，你没听错。从不修改。）也就是说，比如，不管周五时觉得周三写的如何，都绝不放弃或修改周三写下的东西——就好像不可能放弃或修改周三说过的话，或做过的事，仿佛作品就是人生，同样不可能更改或修正。他甚至给自己这种写法取了个名字："一路飞奔式写作"。

这怎么可能？毕竟，如果说小说世界有优于现实世界之处，那就是它更为有序，而这种不露痕迹的有序通常是作家反复打磨修改的结果。所以这只有两种可能：一、他写得极其谨慎而缓慢；二、传统小说世界中的有序——故事情节、逻辑推进，道德（或社会）意义——对他毫无意义，毫不重要。

也许那正是为什么他的作品题材如此多变的原因：故事对他毫不重要。所以他可以随便使用什么故事——任何故事。如此一来，还有什么比流行通俗文化更好的故事资源吗？还有什么比它们更可以信手拈来，更取之不竭、引人注目、多姿多彩吗？

对流行文化进行文学上的回收再利用，这显然并非他的独创。后现代文学中的"戏仿"由来已久。最典型的例子莫过于唐纳德·巴塞尔姆的《白雪公主》和托马斯·品钦的《万有引力之虹》。（前者的戏仿对象是格林童话，后者则是侦探和战争小说。）但似乎是为了平衡文本的轻浮与滑稽感，这些戏仿作品往往被赋予了某种道德重量——想想《白雪公主》中强烈的社会批判，以及《万有引力之虹》中的战争和性隐喻。但塞萨尔·艾拉不同。虽然他的叙述语调也略带嘲讽，但那是一种优雅的、有节制的、托马斯·曼式的嘲讽。他那些表面令人眼花缭乱的作品，更像是对空洞流行文化的一种"借用"，一种"借尸还魂"。或者，换句话说，他是在用无比精致的文学手法描述一种无比空洞的内容。

这才是塞萨尔·艾拉的文学独创：一种奇妙的空洞感。要更好地揭示这一点，我们还必须借助那篇《砖墙》。"最近有人问起我的品味和偏好"，小说的叙事者——即小说家本人——告诉我们，"当提到电影和我最爱的导演，对方提前代我回答说：希区柯克？"他说是的，然后他说如果对方能猜出他最爱的希区柯克电影，他会对其洞察力更加钦佩。

对方想了想，自信地报出了《西北偏北》（而它恰好也是"ISI"游戏的灵感来源）。对此，塞萨尔·艾拉分析说：

> 这让我怀疑《西北偏北》与我想必有某种明显的类似。它是部著名的空缺电影，一次大师的艺术操练，它清空了间谍片和惊悚片中所有的传统元素。由于一帮笨得无可救药的坏蛋，一个无辜的男人发现自己被卷进了一桩没有目标的阴谋，而随着情节的展开，他能做的只有逃命，根本不清楚到底怎么回事。环绕这一空缺的形式再完美不过，因为它仅仅是形式而已，换句话说，它无须跟任何内容分享自己的品质。

在这里，塞萨尔·艾拉清楚地点明了自己的秘密：他写的是一种空缺小说。所以，如果说那些通俗文化产品表面上的多姿多彩是为了掩饰其内容的空洞无物，那么对塞萨尔·艾拉的作品而言，它们的多姿多彩恰恰是为了凸显其内容的空洞无物。因为只有如此，才能让环绕这种空无的形式显得"再完美不过"，才能让形式"仅仅是形式"，而"无须跟任何内容分享自己的品质"。

于是，这样看来，塞萨尔·艾拉似乎已经完成了福楼拜的夙愿：写出一种没有内容只有形式的小说，一种纯粹的小说。（尽管他采用的方式是极为拉美化的——因极繁而极简，因疯狂而冷静，因充实而空无。）但我们仍无法满足。仅仅是形式？什么形式？而那"无须跟任何内容分享自己的品质"又是什么品质？

我们对后现代文学中的形式创新并不陌生。从法国"新小说"的极度客观化视角（以罗伯－格里耶的《橡皮》《嫉妒》为代表），到对各种新媒体的兼收并用（比如在珍妮弗·伊根的《恶棍来访》中，有一章完全是用幻灯片呈现）。但塞萨尔·艾拉似乎对这种叙述方式的创新毫无兴趣——他的笔法和结构，正如我们之前说过的，一向简朴而精确，简直近乎古典。（如果用电影做比喻，他与另一位拉美后现代文学大师波拉尼奥的区别，就是希区柯克与大卫·林奇的区别。）那么他所谓的"形式"和"品质"到底是指什么呢？也许我们可以从他另一部具有浓郁自传性的小说《艾拉医生的神奇疗法》中找到答案。

《艾拉医生的神奇疗法》——这一标题就颇具意味。虽然化身为医生，我们仍可以一眼看出那就是塞萨尔·艾拉本人。名字一模一样自不用说（而且"医生"这个词，无论在英语还是西班牙语里，都有"博士"的意思），难道还有什么比"治疗"更适合用来象征"写作"吗？小说的开场是这样的：

> 一天清晨，艾拉医生突然发现自己走在布宜诺斯艾利斯某街区的一条林荫道上。他有梦游症，在陌生但其实很熟悉的小道上醒来也没什么奇怪的（熟悉是因为所有街道都一样）。他的生活是一种半游离半专注、半退场半在场的行走。在这种交替中，他创造了一种连续性，即他的风格，或者说，如果一个周期结束，也就创造了他的生命——他的生命将一直如此，直到尽头，直到死亡。

我们完全有理由将这段话视为一种隐晦的自传，不是吗？"一种半游离半专注、半退场半在场的行走"——这不禁叫人想起"ISI"游戏（想起"ISI"游戏式的写作，确切地说）：我们必须将自己一分为二。事实上，在小说的第二章，当艾拉医生开始写作自己那部活页形式的、带有百科全书性质的毕生著作《神奇疗法》时，他已经表现得越来越像小说家艾拉（而那部著作，显然是在暗指艾拉本人的八十多部小说——就像巴尔扎克的《人间喜剧》，它们也可以被合称为《神奇写作》）：

> 写作收纳一切，或者说写作就是由痕迹构成
> 的……究其本源，写作的纪律是：控制在写作本
> 身这件事上，保持沉稳、周期性和时间份额。这
> 是安抚焦虑的唯一方式……多年以来，艾拉医生
> 养成了在咖啡馆写作的习惯……习惯的力量，加
> 上不同的实际需求，让他到了一种不坐在某家热
> 情的咖啡馆桌前就写不出一行字的程度。

但不管怎样，让我们继续假装那不是艾拉作家，而是
艾拉医生。（因为阅读小说，在某种意义上，也是一种
"ISI"游戏，我们也必须将自己一分为二：既知道那是虚
构，又假装那是真的。）在经历了一场好莱坞式的闹剧之
后，我们终于抵达了小说的最高潮——为拯救一名垂危的
富商，艾拉医生决定当众施展他的神奇疗法：

> 真相大白的时刻近了。
> 真相就是他还没决定好要做什么。最近两天
> 他琢磨了各种办法，但并没什么把握，就像最近
> 几十年一样，自从年轻时领会到神奇疗法的那个

遥远的一天起。从那时到现在，他的想法基本保持原样……总会有办法的……只要时间向前走，他一定会做出点什么。不是严格的即兴发挥，而是在他一辈子的珍贵反思中找到那个恰好合适的动作。这与其说是即兴，不如说是瞬时记忆训练。

所以，这就是艾拉医生（作家）的神奇疗法（写作）：一种完全基于直觉的即兴发挥。所以塞萨尔·艾拉作品中独特的"形式"和"品质"不在于写作形式上的创新，而在于写作方式上的创新——那是一种完全地、几乎百分之百依赖直觉的写作（那也是为什么他写作极为缓慢，且从不修改的原因）。如果说所有小说家或多或少都在玩着"ISI"式的游戏，那么没有人比塞萨尔·艾拉玩得更彻底，更疯狂——但同时也更冷静。

那是一种孩子式的冷静（兼疯狂）。因为这种彻底的直觉性写作，意味着要有一种超常的直觉力，而正如我们在文章开头所引用的，塞萨尔·艾拉对童年和艺术起源的解析："神秘主义者和诗人们所梦寐以求的，对现实的直觉性吸收，是儿童每天都在做的事。"那也正是塞萨尔·艾拉的每部小说都在做——或者说，竭力在做——的事：对现实的直觉性吸收。于是他的小说常常让我们感觉像一种"无限的连续体"，涉及星辰、超市、电影院、椴树、幽灵、狗、变老、阿尔卑斯山、睡眠、音乐、革命、暮色、马戏团……总之，"几乎一切"。于是，在《我怎样成为修女》中，在一支有毒冰激凌的引导下，一个六岁小男孩（或小女孩）展开了一场糅合了幻觉、悲伤和自我认知（一种情感上的"无限连续体"）的心理探险之旅；《风景画家的片段人生》则是真正的探险：一名流连于潘帕斯草原的德国风景画家竟然三次被闪电击中，虽然严重毁容，但他幸存了下来，并继续作画——极端的生理体验、壮阔的美洲风景与艺术的神秘交织在一起；而在《幽灵》中，我们将面对一个问题：如果收到来自另一个世界的派对邀请，你会接受吗——如果前提是你必须先去死？

　　相对于以马尔克斯为代表的"魔幻现实主义"，塞萨尔·艾拉或许更应该被称为"神奇现实主义"。因为"魔幻"这个词更偏于成人化，更有人工意味，所引发的寓言效果——正如马尔克斯在《百年孤独》中向我们展示的——更富含历史和政治性。而"神奇"则显然更接近童年和直觉，更轻盈、纯粹而超脱。但请注意，我们要再次回到文章开头塞萨尔·艾拉对童年的解读：这种童年式的"神奇"并非某种"天真的自然状态"，而是一种"无比丰富，更加微妙和成熟的智力生活"。于是相对应地，较之

《百年孤独》那种浓烈的历史和政治寓意，塞萨尔·艾拉的"神奇现实主义"所散发的寓言感，则显得既单调又丰富。单调，是因为它只要用一个字就可以总结："我"。而丰富，是因为这个时刻在对现实进行着"直觉性吸收"的"我"，一如塞萨尔·艾拉举例所用的"鸟"：在孩子（以及塞萨尔·艾拉的小说）那里，"我"不仅不是我，甚至也不是"无我"，"我"是"一种无限的连续体"，"我"就是一切，而一切也都是"我"。（既然是一切，当然就已经包含了历史和政治。）

我？为什么是我？你也许会问。因为"我"是直觉的最终源头。因为即使你抛弃一切，你也永远无法抛弃"我"。（因为仍然是"我"在抛弃。）"我"是最卑微而弱小的，但同时也是最基本、最强大、最高贵而永久的。"我"最繁复又最简洁，最充实又最虚空。这个"我"并不局限于狭窄的个人视角，而更接近一种无限的、孩子般的"忘我"。正是这个"我"，定义了塞萨尔·艾拉小说世界最核心的品质（或者说形式）：既一无所有，又无所不有。

于是，我们似乎完全可以套用贡布罗维奇那奇妙的日记开头，来形容塞萨尔·艾拉的八十（多）部小说。《艾拉医生的神奇疗法》：我。《我怎样成为修女》：我。《风景画家的片段人生》：我。《幽灵》：我。我。我。我。我。我……

但贡布罗维奇的"我"与塞萨尔·艾拉的"我"有本质的区别。《费尔迪杜凯》同样是一部关于"我"的小说。这不仅指小说主人公显然就是作者本人的缩影，更是指主人公"自我身份"的不停转化：他先是逃离了自己的作家身份，变成一个叛逆的中学生；接着他又逃离学校，穿越城市与乡村，成为一个局外人；当他来到姨妈的旧式庄园，他摇身变成了一名贵族；通过挑动农民反抗地主，他俨然又成了一名革命者；而当他最终逃离一片混乱的庄园，他发现自己又不得不扮演起多情爱人的角色……因此，我们看到，《费尔迪杜凯》中的荒诞历险实际上是一场永无止境的逃离——逃离各种各样的"我"。因为根本没有真正的"我"。在贡布罗维奇看来，所谓"自我"，不过是社会文明机器制造出来的各种模式化的面具。不管怎样逃离，我们都逃不开一个虚伪的、造作的、角色扮演式的"我"。

而塞萨尔·艾拉则正好相反。如果说在他那流动、飘忽、时而令人晕眩的小说世界里有什么是固定不变的，那就是"自我"。对他（以及他赖以为生的直觉）而言，"我"不是文明社会的假面具，而是他在这个变幻无常、充满焦虑的世界中最后的，也是唯一的依靠。这种对"自我"的执着和固守，在他的另一篇短篇杰作《毕加索》中，通过一个身份认同的难题，得到了完美的展现。

那个难题就是：如果有个神灵让你选择，是拥有一幅毕加索的画，还是成为毕加索，你会选择哪个？初想之下，似乎任何人——包括故事的叙述者，一位小说家（显然又是艾拉本人）——都会毫不犹豫地选择后者。"谁不想成为毕加索？"作者自问，"现代历史上还有比他更令人羡慕的命运吗？""任何人处在我的位置都会选择第二项"，他接着说，因为它已经包含了第一项：毕加索不仅可以画出所有他喜欢的作品，而且保留了大量自己的画作——此外，变成毕加索的优点还不只如此，那还意味着能享受到他那无与伦比的创造极乐。但最终，这位叙述者还是选择了前者，原因是：

> 一个人要变成其他人，首先必须不再是自己，而没人会乐意接受这种放弃。这并不是说我自认为比毕加索更重要，或更健康，或在面对生活时心态更好。……然而，受惠于长期以来的耐心努力，我已经学会了与自己的神经质、恐惧、焦虑，以及其他精神障碍和平共处，或者至少能做到将它们置于我的控制之下，而这种权宜之计能否解决毕加索的问题就无法保证了。

这里有一种优雅的宿命感，一种平静的自认失败，一种甚至带着适度心碎的放弃。它们不时闪现在塞萨尔·艾拉那些充满自传性的短篇小说里。正如我们开头所说，这些短篇要被置于塞萨尔·艾拉的整体写作背景下，才能放射出其深邃之光——如果把他的八十多部微型长篇小说看成一个整体，一种活页形式的百科全书（《神奇写作》），那么这两部短篇集就是一种附录式的评注。

于是它们常常表现为某种神奇的自我指涉。比如，在短篇小说《音乐大脑》中，捐书晚餐、奇特的音乐自动播放机、女侏儒产下的巨蛋交错构成了一幅作者文学之源的象征图腾："在普林格莱斯的传奇历史中，由此产生的奇妙图案——一本书被精巧、平衡地放置在巨蛋顶上——最终成为市立图书馆创立的象征。"

在《购物车》中，"我"发现了一辆会自己滑行的神奇购物车，它整晚都在超市里"四处转悠"，"缓慢而安静，就像一颗星，从未犹豫或停止"，而"作为一名感觉与自己那些文学同事如此疏远和格格不入的作家，我却感到与这辆超市购物车很亲近。甚至我们各自的技术手法也很相似：以难以察觉的极慢速度推进，最终积少成多；眼光看得不远；城市题材。"

《塞西尔·泰勒》则以真实的美国先锋爵士乐大师塞西

尔·泰勒的生平为蓝本——由于艺术上过于超前而导致的不间断受挫。我们很容易注意到这两个名字的相似：塞西尔与塞萨尔。我们也同样容易注意到他们在艺术手法（及受挫程度）上的相似："一路飞奔式"的直觉与即兴。

回到那篇《毕加索》。当主人公决定选择拥有一幅毕加索的画（而不是成为毕加索，也就是说，选择固守那个"我"），一幅中等大小的毕加索油画出现在他面前。画中是一个立体变形的女王形象。作者意识到它是对一则古老西班牙笑话的图解，那是关于一位没有意识到自己残疾的瘸腿女王，大臣们为了巧妙地提醒她，特意组织了一场盛大的花卉比赛，以便在最后请女王选出冠军时对她说出那句"Su Majestad, escoja"，即"陛下，请选择"——但如果把最后一个词破开读，意思也可以是："陛下是瘸子"。作者接着指出，这幅画有好几个层次的意义：

> 首先是主人公瘸腿却不自知。人们有可能对自身的很多事情无从知晓（比如，就拿眼前这个例子来说，一个人到底是不是天才），但很难想象一个人会连自己瘸腿这么明显的生理缺陷都意识不到。也许原因就在于主人公的君王地位，她那独一无二的身份，这使她无法以正常的生理标

准来评判自己。

"独一无二，正如世上也只有一个毕加索。"他接着说，"这里有某种自传性，关于绘画，关于灵感……"因为"到了三十年代，毕加索已被公认是画不对称女人的大师：通过一种语言学上的绕弯子来使一幅图像的解读复杂化，可谓另一种意义上的扭曲变形，而为了突出他赋予这种手法的重要性，他选择了将其安放到一位女王身上。"最后，他又提到了这幅画的第三层意义，即它的"神奇来源"：

> 直到那时，没有一个人知道这幅画的存在；它的奥妙、它的秘密，一直以来都尘封不动，直到它在我——一个说西班牙语的人，一个热爱杜尚和鲁塞尔（雷蒙·鲁塞尔，法国超现实主义文学、新小说流派的先导者）的阿根廷作家——面前显形。

显然，这三层意义有一个共同的核心：独一无二。无论是女王、毕加索，还是我，都是独一无二、不可替代的，都是宇宙间唯一的存在。这是一个近乎终极的对自我意识的审视。这是另一种意义上的，或许也是真正的一种"民主"：每个人都是平等的。每个人都觉得自己最重要（不管我们愿不愿意承认）。事实上，不仅是女王，每个人都无法以正常的标准来评判自己，不是吗？因为那是不可能的——就像一个人无法提着自己的头发离开地面。"自我"是一种精神上的万有引力，没有它我们就会飘向彻底的虚空。

但正如我们看到的，在塞萨尔·艾拉这里，这种对"自我"偏执狂般的沉迷没有散发出丝毫的骄傲自大。相反，它显得轻柔、谦逊而又坚韧，那个独一无二的"我"，似乎成了对抗这个支离破碎、充满复制和模拟的世界的最后武器。在可能是塞萨尔·艾拉最广为人知的小说之一《文学会议》中，一名失业的翻译家兼疯狂科学家，试图以墨西哥著名作家富恩斯特为原型，克隆一支军队来掌控地球。（又一个空洞的通俗小说外壳。当然，最终计划失败了，这似乎从另一个角度暗示了自我的独一无二性：自我不可能被复制——克隆。）在小说的前半部，主人公无意间神奇地解开了一个历史谜团，从而发现了一笔古代宝藏，对于这一成就，他分析道：

> 那并非说我是个天才或特别有天赋，完全不是。恰恰相反。……每个人的思想都有自己的力

量，不管大小，但总是独一无二的，那种力量属
于他而且唯独只属于他。这就使得他能够完成一
项任务，不管那任务是伟大还是平庸，但唯独只
有他才能完成。……除了读过的书，仅仅在文化
领域，就还有唱片、绘画、电影……所有这些，
加上自我出生起日日夜夜所经历的一切，给了我
一个区别于所有人的思想构造。而那碰巧是解开
希洛马库托之谜所需的；因此解开它对我来说简
直轻而易举，毫不费力，就像一加一等于二那么
简单。……我是唯一的一个；在某种意义上，我
也是被指定的一个。

这显然是个巧妙的隐喻。它似乎在说，对于每一个人，
世界上都有一个只为他（她）而存在，也只有他（她）能
解开的谜。这一隐喻贯穿了艾拉博士的所有作品。借用他
想必很喜欢的凡尔纳的小说标题：《八十天环游地球》，我
们也许可以将塞萨尔·艾拉的所有作品总结为：八十部小
说环游地球。但不管环游到何地，不管那些经历（故事）
表面上多么光怪陆离，"我"仍然是"我"。"我"——那是
最大和最后的局限，但也是最大和最后的安慰。甚至，也
许那就是我们每个人存在的真正唯一目的——不然还能是

什么呢？——去解开那个只有你才能解开的谜：生活。属
于你而且唯独只属于你的生活。独一无二的生活。

图书在版编目（CIP）数据

上帝的茶话会 /（阿根廷）塞萨尔·艾拉著；王纯麟译. —杭州：浙江文艺出版社，2019.6（2024.10重印）

ISBN 978-7-5339-5622-6

Ⅰ.①上… Ⅱ.①塞… ②王… Ⅲ.①短篇小说—小说集—阿根廷—现代 Ⅳ.①I783.45

中国版本图书馆CIP数据核字（2019）第051041号

上帝的茶话会
SHANGDI DE CHAHUAHUI

作　　者：[阿根廷] 塞萨尔·艾拉
译　　者：王纯麟
责任编辑：关俊红　王莎惠
营销编辑：张恩惠
插画设计：KUNATATA
封面设计：尚燕平

出版发行　浙江文艺出版社
地　　址：杭州市环城北路177号
网　　址：www.zjwycbs.cn
经　　销：浙江省新华书店集团有限公司
印　　刷：杭州富春印务有限公司
版　　次：2019年6月第1版　2024年10月第2次印刷
开　　本：880毫米×1230毫米　1/32
字　　数：130千字
印　　张：7.875
插　　页：5
书　　号：ISBN 978-7-5339-5622-6
定　　价：**49.00元**

（如有印、装质量问题，请寄承印单位调换）